suhrkamp taschenbuch 943

Samuel Beckett, geboren am 13. April 1906 in Dublin, lebt seit 1938 in Paris. 1961 erhielt er den Internationalen Verlegerpreis und 1969 den Nobelpreis für Literatur. Hauptwerke: Prosa: *Murphy, Molloy, Malone stirbt, Der Namenlose, Wie es ist, Erzählungen und Texte um Nichts, Watt, Erste Liebe, Residua, Der Verwaiser, Mercier und Camier;* Stücke: *Warten auf Godot, Endspiel, Das letzte Band, Glückliche Tage.* Sammlung seiner Stücke in *Dramatische Dichtungen in drei Sprachen,* 2 Bände; Werke, 4 Bände (Werkausgabe, 10 Bände).

Mercier und Camier ist der erste Roman, den Samuel Beckett in französischer Sprache schrieb. Er entstand 1946, wurde aber erst 1970 veröffentlicht. Die beiden Hauptpersonen, Mercier und Camier, kommen einem bekannt vor, man glaubt sie unter anderem Namen aus *Warten auf Godot* zu kennen. Sie wollen gemeinsam eine Reise unternehmen, ausgerüstet nur mit einem Fahrrad, einem Regenschirm, einem Wettermantel und einem Sack. Aber sie kommen nicht weit und kehren immer wieder in die Stadt zurück, die ihnen vertraut ist und wo sie bei einer Helene notfalls unterschlüpfen können. Ihre Begegnungen sind Mitreisende, Kneipengäste, Kellner, Geschäftsführer – manchmal Gestalten aus früheren Erzählungen Becketts wie zum Beispiel Watt – und Polizisten.

Die Erzählung lebt von der sprachlichen Bewegung der tragikomischen Clownsdialoge zwischen Mercier und Camier und dem, was sie von anderen zu hören kriegen.

Samuel Beckett
Mercier und Camier

Aus dem Französischen
von Elmar Tophoven

Suhrkamp

Titel der französischen Originalausgabe:
Mercier et Camier. Paris 1970
Der Übersetzer dankt dem Autor und Traugott König für
ihre Hilfe und Ratschläge

suhrkamp taschenbuch 943
Erste Auflage 1983

Druck: Nomos Verlagsgesellschaft, Baden-Baden
Printed in Germany
Umschlag nach Entwürfen von
Willy Fleckhaus und Rolf Staudt

1 2 3 4 5 6 – 88 87 86 85 84 83

Mercier und Camier

I

Die Reise von Mercier und Camier kann ich erzählen, wenn ich will, denn ich war die ganze Zeit dabei.

Es war eigentlich keine beschwerliche Reise, da sie weder über Meere noch über Grenzen führte, sondern meist durch ebene, wenn auch manchenorts öde Gegenden. Mercier und Camier blieben im Lande, sie hatten dieses unschätzbare Glück. Sie brauchten es nicht mehr oder weniger geschickt mit fremden Sitten, mit den sonderbaren Tücken einer Sprache, einer Gesetzgebung, eines Klimas und einer Kost in einer Landschaft aufzunehmen, die hinsichtlich der Ähnlichkeit nur wenig mit jener gemein hatte, gegen die sie zunächst im zarten Kindesalter und dann im reifen Mannesalter abgehärtet worden waren. Das zwar oft unfreundliche Wetter (an das sie freilich gewöhnt waren) hielt sich doch stets in den Grenzen des Gemäßigten, das heißt dessen, was einer der Ihrigen in geeigneter Kleidung und passendem Schuhwerk ohne Gefahr, wenn nicht sogar ohne Unannehmlichkeit, zu ertragen vermochte. Wenn sie auch nicht genug Geld hatten, um erster Klasse zu reisen und in Luxushotels zu speisen, so hatten sie doch genug, um herumwandern zu können, ohne dabei betteln zu müssen. Man darf also behaupten, daß die Umstände in dieser Hinsicht günstig für

sie waren, halbwegs günstig. Sie hatten zu kämpfen, aber weniger als viele Leute, ja vielleicht weniger als die meisten Leute, die, von einem bald klaren, bald dunklen Drang getrieben, aufbrechen.
Sie hatten sich vor Antritt dieser Reise lange miteinander beraten und dabei in aller Ruhe, die sie aufzubringen vermochten, die Vor- und Nachteile, die sich aus diesem Unternehmen für sie ergeben könnten, erwogen. Schwarzes und Rosiges hoben sie nacheinander hervor. Die einzige Gewißheit, die sie aus diesen Erwägungen gewannen, war, daß sie sich nicht leichtsinnig ins Abenteuer stürzten.
Camier kam als erster zum Treffpunkt. Das heißt, daß bei seiner Ankunft Mercier nicht da war. In Wirklichkeit war Mercier gute zehn Minuten vor ihm schon dagewesen. Somit war Mercier, und nicht Camier, als erster zum Treffpunkt gekommen. Nachdem Mercier fünf Minuten geduldig gewartet und dabei die verschiedenen Wege, die sein Freund bei seinem Kommen benutzen konnte, aufmerksam betrachtet hatte, brach er zu einem Rundgang auf, der eine Viertelstunde dauern sollte. Camier seinerseits brach, da er Mercier nicht kommen sah, nach fünf Minuten zu einem kleinen Rundgang auf. Als er eine Viertelstunde später wieder zum Treffpunkt zurückgekehrt war, schaute er nach Mercier aus, jedoch vergeblich, was begreiflich ist, denn nachdem Mercier noch fünf Minuten am vereinbarten Ort Geduld geübt

hatte, war er wieder aufgebrochen, um sich die Beine zu vertreten, wie er zu sagen pflegte. Nach fünf Minuten stumpfsinnigen Wartens ging Camier also abermals los, wobei er sich sagte, vielleicht stoße ich in den Seitenstraßen auf ihn. Gerade in diesem Moment sah Mercier, der von seinem kleinen Spaziergang, welcher diesmal nicht länger als zehn Minuten gedauert hatte, zurückgekehrt war, wie sich eine Silhouette entfernte, die im Morgennebel eine vage Ähnlichkeit mit Camier hatte, der es auch wirklich war. Leider verschwand er, wie vom Pflaster verschluckt, und Mercier bezog wieder seinen Posten. Aber nach den fünf Minuten, die offenbar zur Regel zu werden drohen, gab er es auf, da er Bewegung brauchte. Sie freuten sich also einen Moment über alle Maßen, sowohl Mercier als auch Camier, als sie nach fünf beziehungsweise zehn Minuten unruhigen Schlenderns beim gleichzeitigen Eintreffen auf dem Platz einander zum ersten Mal seit dem Abend vorher begegneten. Es war neun Uhr fünfzig.

Also:

	Ank.	Aufbr.	Ank.	Aufbr.	Ank.	Aufbr.	Ank.
Mercier	9.05	9.10	9.25	9.30	9.40	9.45	9.50
Camier	9.15	9.20	9.35	9.40	9.50		

Was für ein fadenscheiniges Machwerk.

Während sie einander umarmten, begann es mit fernöstlicher Plötzlichkeit zu regnen. Sie stürzten also in die pagodenförmige Hütte, die man an dieser Stelle erbaut hatte, damit sie Schutz vor Regen und andern Unbilden, kurzum vor der Witterung gewähre. Da sie dunkel und reich an Winkeln und Nischen war, gefiel sie Verliebten ebenso gut wie älteren Leuten, sowohl Männern als auch Frauen. Zur gleichen Zeit wie unsere beiden Gimpel drängte sich ein Hund da hinein, dem kurz danach ein zweiter folgte. Mercier und Camier schauten einander an; sie waren unentschlossen. Sie hatten einander nicht zu Ende umarmt, und doch war es ihnen unangenehm, wieder von neuem damit zu beginnen. Die Hunde hingegen waren schon liebend miteinander verbunden, in aller Unbefangenheit.

Der Ort, an dem sie sich befanden, der Ort, auf den sie sich nicht ohne Mühe geeinigt hatten, dort wieder zusammenzutreffen, war eigentlich kein Platz, sondern vielmehr ein kleiner Park, umgeben von einem Gewirr von Straßen und Gassen. Dieser Park war mit den üblichen Anpflanzungen, Blumenbeeten, Wasserbecken, Springbrunnen, Standbildern, Rasenflächen und Sitzbänken in einer solchen Dichte versehen, daß er durch sie erwürgt zu werden schien. Er war so etwas wie ein Irrgarten, dieser kleine Park, es war nicht einfach, darin herumzulaufen, und man mußte ihn gut kennen, um beim ersten Versuch aus ihm herauszufinden. Es war natürlich nichts leichter, als in ihn hineinzugelangen. Genau in der Mitte oder ungefähr in der Mitte ragte eine riesige schimmernde Rotbuche empor, die, wenn man dem unbeholfen an den

Stamm genagelten Schild Glauben schenkte, von einem Marschall Frankreichs mit dem friedlichen Namen Saint-Ruth vor mehreren Jahrhunderten gepflanzt worden war. Kaum hatte er sie gepflanzt, da wurde er – der Marschall – laut Inschrift getötet, durch eine Kanonenkugel, wie immer im Dienste der gleichen hoffnungslosen Sache, auf einem Schlachtfeld, das hinsichtlich der Landschaft nur sehr wenig mit denjenigen gemein hatte, auf denen er sich bewährt hatte, als Unteroffizier und anschließend als Leutnant, wenn es stimmt, daß man sich in dieser Reihenfolge auf den Schlachtfeldern bewährt. Diesem Baum verdankte der Park wahrscheinlich sein Dasein, eine Nachwirkung, die sich der Marschall wohl kaum hatte träumen lassen, als er jenseits der Kreuzpflanzungen vor einer eleganten, übersättigten Gesellschaft in einem vom Abendtau fettglänzenden Loch den zarten Wildling festhielt. Aber um mit diesem Baum fertig zu werden und nie mehr davon sprechen zu müssen: er war es, der dem Park dessen geringen restlichen Zauber verlieh sowie selbstverständlich auch seinen Namen, nämlich: Saint-Ruth-Park. Der erstickende Riese war nahe am Ende seiner Lebensbahn und würde bis zu dem Tage nicht aufhören abzusterben, an dem man ihn wegschaffen würde, nach seiner Zerstückelung. Danach würde man in dem Park mit dem geheimnisvollen Namen ein Weilchen besser atmen können.

Mercier und Camier kannten diesen Ort nicht, was sie wahrscheinlich dazu veranlaßte, ihn zu ihrem Treffpunkt zu machen. Über gewisse Dinge werden wir nie Gewißheit erlangen.

Durch die orangefarbene Scheibe erschien der Regen ihnen golden, was, je nach den Zufälligkeiten ihrer Ausflüge, den einen an Rom und den anderen an Neapel denken ließ, jedoch ohne daß sie es einander gestanden und mit einem an Scham grenzenden Gefühl. Eigentlich hätte es ihnen guttun müssen, dieses plötzliche Aufleuchten einer fernen Epoche, in der sie jung waren und es warm hatten und die Malerei liebten und die Ehe verschmähten. Aber es tat ihnen nicht gut. Sie kannten einander damals nicht, aber seit sie einander kannten, hatten sie darüber gesprochen, über diese Epoche, zuviel gesprochen, bruchstückweise, ihrer Gewohnheit entsprechend.

Laß uns zurückkehren, sagte Camier.

Warum? sagte Mercier.

Es wird den ganzen Tag nicht wieder aufhören, sagte Camier.

Es ist nur ein Schauer, von mehr oder weniger langer Dauer, sagte Mercier.

Ich kann nicht stehenbleiben, ohne irgend etwas zu tun, sagte Camier.

Laß uns uns setzen, sagte Mercier.

Das ist noch schlimmer, sagte Camier.

Laß uns also hin- und hergehen, sagte Mercier. Laß uns einander den Arm reichen und ein Stück-

chen gehen. Der Raum ist beengt, aber er könnte noch beengter sein. Leg unseren Regenschirm dorthin und hilf mir, unseren Sack vom Hals zu schaffen, so, danke, und los!
Camier ließ sich darauf ein.
Links rechts, links rechts, sagte Mercier.
Links rechts, sagte Camier.
Mitunter klarte es auf und regnete es weniger stark. Dann hielten sie an der Tür an. Aber sofort wurde es wieder dunkel und regnete es wieder in Strömen.
Schau nicht hin, sagte Mercier.
Es zu hören reicht mir, sagte Camier.
Sehr richtig, sagte Mercier.
Nur Geduld und guten Mut, sagte Camier.
Stören die Hunde dich nicht? sagte Mercier.
Warum zieht er sich nicht zurück? sagte Camier.
Er kann nicht, sagte Mercier.
Warum nicht? sagte Camier.
Irgend so eine Vorrichtung, sagte Mercier, wahrscheinlich, um die Besamung zu garantieren.
Sie beginnen rittlings, sagte Camier, und sie enden Arsch-an-Arsch.
Was willst du? sagte Mercier. Die Ekstase ist vorbei, sie möchten sich trennen, an einen Prellstein pissen oder ein Stück Scheiße fressen, aber sie können nicht. Also kehren sie sich den Rücken. Du würdest es genauso machen, an ihrer Stelle.
Das Taktgefühl würde mich daran hindern, sagte Camier.

Und was würdest du tun? sagte Mercier.
Ich würde so tun, als bedauerte ich, es nicht sofort noch einmal tun zu können, sagte Camier, so gut hätte es getan.
Nach einer Weile des Schweigens sagte Camier: Wenn wir uns hinsetzen würden, das hat mir den Rest gegeben.
Du willst sagen, wenn wir uns hinsetzten, sagte Mercier.
Ich will sagen, wenn wir uns hinsetzen würden, sagte Camier.
Na dann, meinetwegen, sagte Mercier.
Allenthalben gingen die Leute ihren Geschäften nach. Die Luft füllte sich mit zufriedenen und unzufriedenen Ausrufen sowie mit den bedächtigen Tönen derjenigen, denen das Leben keine Überraschungen mehr zu bereiten vermochte, weder im negativen noch im positiven Sinne. Auch die Dinge setzten sich schwerfällig in Bewegung, namentlich die schweren Fahrzeuge wie Lastwagen, Pferdekarren und öffentliche Verkehrsmittel. Es mochte noch so laut prasselnd regnen, alles begann doch mit offenbar ebensoviel Eifer, als ob der Himmel azurblau gewesen wäre.
Du hast mich warten lassen, sagte Mercier.
Im Gegenteil, sagte Camier, du warst es, der mich hat warten lassen.
Ich bin um neun Uhr fünf angekommen, sagte Mercier.
Ich um neun Uhr fünfzehn, sagte Camier.

Siehst du wohl, daß du mich hast warten lassen, sagte Mercier.
Man kann nur von einem im voraus vereinbarten Zeitpunkt ab warten oder warten lassen, sagte Camier.
Und das Treffen war für welche Uhrzeit vorgesehen, deiner Meinung nach? sagte Mercier.
Für viertel zehn, sagte Camier.
Ich begreif' das nicht, sagte Mercier.
Was begreifst du nicht? sagte Camier.
Was das bedeuten soll, viertel zehn, sagte Mercier.
Das soll neun Uhr und fünfzehn Minuten bedeuten, sagte Camier.
Dann irrst du dich ganz gewaltig, sagte Mercier.
Wieso? sagte Camier.
Wirst du je aufhören, mich in Erstaunen zu setzen? sagte Mercier.
Wie meinst du das? sagte Camier.
Ich schließe die Augen und sehe die Szene wieder, sagte Mercier, deine Hand in der meinen, die Tränen, die mir kommen, und meine etwas zögernde Stimme, die sagte, Also dann, bis morgen, neun Uhr. Eine betrunkene Frau ist vorbeigekommen, sie hat ein unanständiges Lied gesungen und ihren Rock gelüftet.
Sie hat deine Sinne verwirrt, sagte Camier. Er zog ein Notizbuch aus der Tasche, blätterte darin und las: Montag, der zweite, Sankt-Macarius, Mercier, viertel zehn, Saint-Ruth-Park. Regenschirm bei Helene holen.

Und was beweist das? sagte Mercier.
Meine Redlichkeit, sagte Camier.
Sehr richtig, sagte Mercier.
Wir werden niemals wissen, sagte Camier, um welche Zeit wir uns verabredet hatten, heute. Grübeln wir also nicht länger.
Eines ist sicher bei dieser Geschichte, sagte Mercier, daß wir uns um zehn vor zehn wiedergefunden haben, zur gleichen Zeit wie die Uhrzeiger.
Laß uns dankbar dafür sein, sagte Camier.
Es regnete noch nicht, sagte Mercier.
Der morgendliche Schwung war unverbraucht, sagte Camier.
Verlier unser Notizbuch nicht, sagte Mercier.
Da tauchte plötzlich das erste einer langen Reihe bösartiger Wesen auf. Seine Uniform, deren regennasser grüner Stoff an der vorgeschriebenen Stelle reichlich mit heroischen Ehrenzeichen und Ordensbändern geschmückt war, stand ihm gut, sehr gut sogar. Bestärkt durch das Beispiel des großen Sarsfield, wäre er beinahe krepiert bei der Verteidigung eines Gebiets, das ihn als solches gewiß ganz gleichgültig ließ und dessen symbolische Bedeutung ihn vermutlich auch nicht gerade anspornte. Er hatte einen eleganten und zugleich massiven Stock in der Hand, er stützte sich sogar darauf, mitunter. Seine Hüfte tat ihm sehr weh, der Schmerz durchzuckte mitunter seine Arschbacke und drang ins Loch, von wo aus er Notsignale in das ganze intestinale System bis zur Val-

vula pylori ausstrahlte, mit urethro-scrotalen Fortsetzungen selbstverständlich und fast unmittelbar darauf einsetzendem Harndrang. Da er ein fünfzehnprozentiger Invalide war, was ihm die Mißachtung der großen Mehrzahl der Männer und Frauen eintrug, mit denen sein Beruf und seine noch übriggebliebene Gutmütigkeit ihn täglich in Berührung brachten, schien es ihm manchmal, daß er besser daran getan hätte, wenn er sich während des großen Gemetzels, den heimischen Scharmützeln, der gälischen Sprache, der Stärkung seines Glaubens und den Schätzen einer in der Welt einzigartigen Folklore gewidmet hätte. Die leiblichen Gefahren wären geringer und die Vorteile gewisser gewesen. Aber diesen Gedanken pflegte er nach Auskosten all seiner Bitterkeit immer wieder als seiner selbst unwürdig zu verwerfen. Sein Schnurrbart, der borstig aussehen sollte und es auch gewesen war, war längst erschlafft. Von Zeit zu Zeit, wenn er daran dachte, blies er von unten einen Strahl stinkenden Atems vermischt mit Speichel dagegen. Das richtete ihn kurzfristig auf. Während er regungslos in seinem regentriefenden halboffenen Umhang am Fuße der Pagodenstufen verharrte, schweifte sein Blick hin und her, von Mercier und Camier zu den Hunden und von den Hunden zu Mercier und Camier.
Wem gehört dieses Fahrrad? sagte er.
Mercier und Camier schauten einander an.
Das fehlte uns gerade noch, sagte Camier.

Schaffen Sie es fort, sagte der Wärter.
Das wäre vielleicht eine kleine Zerstreuung, sagte Mercier.
Wem gehören diese Hunde? sagte der Wärter.
Meiner Meinung nach, sagte Camier, werden wir uns bald entfernen müssen.
Sollte dies der Peitschenschlag sein, den wir brauchten, um uns auf den Weg zu machen? sagte Mercier.
Werden Sie mich nötigen, einen Polizeibeamten herbeizurufen? sagte der Wärter.
Man möchte meinen, daß er zu alledem noch stinkt, sagte Camier.
Möchten Sie lieber, daß ich einen Schlosser rufe, sagte der Wärter, damit er das Hängeschloß aufbricht? Oder daß ich selber es mit Fußtritten in die Speichen fortschaffe?
Verstehst du etwas von diesen zusammenhanglosen Äußerungen? sagte Camier.
Meine Sehkraft hat sehr gelitten, sagte Mercier. Es ist, glaube ich, die Rede von einem Fahrrad.
Na und? sagte Camier.
Daß es hier steht, sagte Mercier, sei gesetzwidrig.
Dann soll er es doch fortschaffen, sagte Camier.
Er kann es nicht, sagte Mercier. Es ist durch irgendein Sicherheitssystem wie ein Hängeschloß oder ein Kabel wahrscheinlich an einem Baum oder an einem Standbild befestigt. Das ist jedenfalls meine Auslegung.

Sie ist plausibel, sagte Mercier.

Leider ist da nicht nur das Fahrrad, wenn ich recht verstanden habe, sagte Mercier. Da sind auch die Hunde.

Was tun sie Böses? sagte Camier.

Sie verstoßen gegen die Verfügung, sagte Mercier, im gleichen Sinne wie der Drahtesel.

Aber sie sind an nichts befestigt, sagte Camier, es sei denn aneinander, durch den Koitus.

Sehr richtig, sagte Mercier.

Dann soll er doch seine Pflicht tun, sagte Camier, er soll sie uns unverzüglich fortschaffen.

Ich bin ganz deiner Meinung, sagte Mercier.

Die Hunde können warten, sagte der Wärter.

Haha! sagte Camier.

Warum lachst du so nach Herzenslust? sagte Mercier.

Sie können warten! sagte Camier.

Ich werde euch helfen, so zu lachen! sagte der Wärter.

Mein Vater riet mir immer, sagte Mercier, meine Pfeife aus dem Mund zu nehmen, wenn ich mit einem Fremden sprechen wollte, so unscheinbar er auch immer sein möge.

So unscheinbar, sagte Camier, wie merkwürdig das klingt.

Der Wärter stieg die Stufen der Schutzhütte hinauf und blieb im Türrahmen stehen. Die Luft verfinsterte sich sogleich und wurde ganz gelb.

Ich glaube, er greift uns an, sagte Camier.

Du visierst die Weichteile, wie gewöhnlich, sagte Mercier.

Lieber Herr Wachtmeister, sagte Camier, was wollen Sie eigentlich von uns?

Sehen Sie dieses Fahrrad? sagte der Wärter.

Ich sehe nichts, sagte Camier. Mercier, siehst du ein Fahrrad?

Gehört es Ihnen? sagte der Wärter.

Wie sollen wir von etwas, das wir nicht sehen, sagte Camier, dessen Vorhandensein lediglich aus Ihren Behauptungen zu entnehmen ist, wissen, ob es uns gehört oder anderen?

Warum sollte es uns gehören? sagte Mercier. Gehören diese Hunde uns? Nein. Wir sehen sie heute zum ersten Mal. Und Sie wollen, daß das Fahrrad, wenn überhaupt ein Fahrrad da ist, uns gehöre. Die Hunde gehören uns doch auch nicht.

Ich scheiß' was auf eure Hunde, sagte der Wärter.

Aber, als ob er es widerrufen wollte, stürzte er sich auf sie und vertrieb sie mit Fußtritten, Stockschlägen und lautem Fluchen aus der Pagode. Da sie immer noch fest aneinanderhingen, war ihr Rückzug schwierig. Denn ihre Bemühungen, sich davonzumachen, hoben sich, da sie sich in entgegengesetzten Richtungen auswirkten, immer wieder gegenseitig auf. Sie mußten viel leiden.

Scheißviecher, sagte der Wärter.

Jetzt hat er was auf die Hunde geschissen, sagte Mercier.

Er hat sie aus der Hütte verjagt, sagte Camier, das ist unbestreitbar, aber nicht aus dem Park.
Der Regen wird ihre Bande bald lösen, sagte Mercier. Von der Liebe betäubt, hatten sie nicht mehr daran gedacht.
Eigentlich hat er ihnen einen Dienst erwiesen, sagte Camier.
Laß uns ein wenig freundlich zu ihm sein, sagte Mercier, er ist ein Weltkriegsheld. Während wir, wohlig im Warmen, ohne Furcht, unterbrochen zu werden, wichsten, was das Zeug hielt, kroch er im flandrischen Schlamm herum und schiß sich in die Stiefel.
Ziehen Sie keine Schlüsse aus diesem leeren Gerede, Mercier und Camier waren jung alt.
Das ist eine gute Idee, sagte Camier.
Schau dir diesen Medaillenklimbim an, sagte Mercier. Ist dir klar, welcher Menge Schiß das entspricht?
Nicht ganz, sagte Camier, ich bin immer verstopft gewesen.
Angenommen, dieses sogenannte Fahrrad gehörte uns, sagte Mercier. Was ist Böses daran?
Laß uns ehrlich sein, sagte Camier, es gehört uns.
Ich gebe euch fünf Minuten, um es fortzuschaffen, sagte der Wärter. Dann rufe ich einen Polizeibeamten.
Heute ist es endlich soweit, sagte Mercier, daß wir nach Jahren des Zauderns zu einem unbekannten Ziel aufbrechen, von dem wir vielleicht nicht

lebendig zurückkehren werden. Wir warten bloß, bis das Wetter sich bessert, um loszuziehen. Versuchen Sie doch, das zu begreifen.

Das interessiert mich nicht, sagte der Wärter.

Außerdem, sagte Mercier, müssen wir noch gewisse Dinge klarstellen, ehe es zu spät ist.

Klarstellen? sagte Camier.

Eben das sagte ich, sagte Mercier.

Ich glaubte, alles sei klar, sagte Camier.

Alles ist es nicht, sagte Mercier.

Schafft ihr es nun fort, oder schafft ihr es nicht fort, sagte der Wärter.

Kann man Ihr Wohlwollen erkaufen, sagte Mercier, da Sie ja für die Vernunft keinen Sinn haben.

Selbstverständlich, sagte der Wärter.

Gib ihm einen Shilling, sagte Mercier. Es ist ja doch bedauerlich, daß unsere ersten Spesen im Zeichen einer gemeinen Erpressung gemacht werden.

Halsabschneider, sagte der Wärter. Dann verschwand er.

Daß die Leute so aus einem Guß sind, sagte Mercier.

Nun wird er uns auflauern, sagte Camier.

Was soll's? sagte Mercier.

Ich mag nicht, daß man mich auflauert, sagte Camier.

Du willst sagen, daß man mir auflauert, sagte Mercier.

Ich will sagen, daß man mich auflauert, sagte Camier.

Dieses Spielchen wird nicht lange dauern.

Es mußte beinahe Mittag sein.

Nun, zu uns, sagte Mercier.

Zu uns? sagte Camier.

Sehr richtig, sagte Mercier, zu uns, zu den ernsten Dingen.

Wenn wir ein bißchen essen würden, sagte Camier.

Laß uns zunächst einmal die Dinge klarstellen, sagte Mercier. Danach werden wir uns stärken.

Es folgte eine lange Erörterung, die von langen Pausen unterbrochen wurde, während der die Meditation stattfand. Dabei passierte es bald Mercier und bald Camier, sich so in Gedanken zu vertiefen, daß die Stimme des einen, der seine Beweisführung fortsetzte, nicht imstande war, den anderen aus der Vertiefung hervorzuziehen, oder sich kein Gehör verschaffen konnte. Oder aber sie begannen, nachdem sie gleichzeitig zu oft gegensätzlichen Schlußfolgerungen gekommen waren, diese auch gleichzeitig zum Ausdruck zu bringen. Es kam auch nicht selten vor, daß der eine in Ohnmacht fiel, bevor der andere seine Darlegung beendet hatte. Und von Zeit zu Zeit schauten sie einander an, außerstande, ein Wort hervorzubringen, und mit leerem Geist. Am Ende einer solchen Apathie verzichteten sie darauf, ihre Untersuchung weiter voranzutreiben, vorerst. Der Nachmittag war schon weit fortgeschritten, es regnete immer noch, der kurze Wintertag neigte seinem Ende zu.

Du hast diesmal den Proviant, sagte Mercier.

Im Gegenteil, du hast ihn, sagte Camier.

Sehr richtig, sagte Mercier.

Ich habe keinen Hunger mehr, sagte Camier.

Man muß essen, sagte Mercier.

Ich wüßte nicht, wozu, sagte Camier.

Der Weg, den wir noch vor uns haben, ist lang und beschwerlich, sagte Mercier.

Je eher man krepiert, um so besser, sagte Camier.

Sehr richtig, sagte Mercier.

Der Kopf des Wärters erschien an der Tür. Es war unwahrscheinlich, man sah nur seinen Kopf.

Wenn ihr hier übernachten wollt, sagte er, so macht das eine halbe Krone.

Sind die Dinge nun klar? sagte Camier.

Nein, sagte Mercier.

Werden sie es je sein? sagte Camier.

Ich glaube doch, sagte Mercier. Ja, ich glaube, nicht gerade felsenfest, aber ich glaube, daß der Tag kommt, da die Dinge klar sein werden, endlich.

Das wäre reizend, sagte Camier.

Hoffen wir es, sagte Mercier.

Sie schauten einander lange an. Camier sagte sich, selbst ihn sehe ich nicht. Ein ähnlicher Gedanke beschäftigte sein Gegenüber.

Zwei Punkte schienen nach diesem Gespräch immerhin klar zu sein.

1. Mercier würde allein aufbrechen, mit dem Fahrrad und dem Wettermantel. Er würde nach seiner Ankunft am Rastplatz das Nötige tun, damit alles bereit wäre für den Empfang von Camier, der sich auf den Weg machen würde, sobald das Wetter es erlaubte. Camier würde den Regenschirm behalten.

2. Es war so, daß Mercier bis jetzt Schneid bewiesen hatte, Camier dagegen Laschheit. Das Gegenteil war jeden Augenblick zu erwarten. Der Allzuschwache sollte darum stets auf den Nichtsoschwachen bauen, wegen des einzuschlagenden Wege. Sie könnten gleichzeitig wagemutig sein. Das wäre wunderbar. Oder sie könnten gleichzeitig eine große Hilflosigkeit verraten. In diesem Falle sollten, sie sich nicht der Verzweiflung überlassen, sondern vertrauensvoll das Ende dieser ungünstigen Zeitspanne abwarten. Trotz der Ungenauigkeit dieser Ausdrücke verstanden sie einander, ungefähr.

Ich wende den Blick ab, sagte Camier, da ich nicht mehr weiß, was ich denken soll.

Man möchte meinen: eine Aufheiterung, sagte Mercier.

Die Sonne kommt endlich zum Vorschein, sagte Camier, damit man ihren Sturz bewundere, am Horizont.

Diese lange, tausendfarbige Helle, sagte Mercier, rührt mich immer wieder.

Der Arbeitstag ist zu Ende, sagte Camier. Eine Art Tinte steigt im Orient empor und überschwemmt den Himmel.
Die Glocke ertönte und kündigte die Schließung an.
Ich bewahre den Eindruck von verschwommenen, wolligen Formen. Sie kommen und gehen und stoßen dabei dumpfe Schreie aus.
In der Tat, sagte Mercier, ich glaube, daß wir Zeugen haben, seit heute morgen.
Sollten wir allein sein, jetzt? sagte Camier.
Ich sehe niemanden, sagte Mercier.
Laß uns gemeinsam aufbrechen, da es denn so ist, sagte Camier.
Sie verließen die Hütte.
Der Sack, sagte Mercier.
Der Regenschirm, sagte Camier.
Der Wettermantel, sagte Mercier.
Den habe ich, sagte Camier.
Ist da nichts anderes mehr? sagte Mercier.
Ich wüßte nichts anderes mehr, sagte Camier.
Ich hole sie, sagte Mercier, kümmere du dich um das Fahrrad.
Es war ein Damenfahrrad, ohne Freilauf leider. Um zu bremsen, trat man in die entgegengesetzte Richtung.
Der Wärter mit seinem Schlüsselbund in der Hand schaute ihnen nach. Mercier hielt die Lenkstange, Camier den Sattel.
Halsabschneider, sagte er.

II

Schaufenster leuchteten auf, andere erloschen, je nach Art des Schaufensters. Die rutschigen Straßen füllten sich mit Leuten, die anscheinend eilig auf ein bestimmtes Ziel zudrängten. Die Luft strotzte mehr und mehr von einem grimmigen, müden Wohlbefinden. Wenn man die Augen schloß, vernahm man keine einzige Stimme, nur das unendliche Keuchen der Schritte. In diesem Hordenschweigen bewegten sie sich vorwärts, so gut sie konnten. Sie hielten sich an den äußersten Rand des Bürgersteigs, Mercier vorne, mit der Hand an der Lenkstange, Camier hinten, mit der Hand auf dem Sattel, und das Fahrrad an ihrer Seite rutschte am Rinnstein entlang.

Du hinderst mich mehr, als daß du mir hilfst, sagte Mercier.

Ich versuche gar nicht, dir zu helfen, sagte Camier, ich versuche, mir selbst zu helfen.

Dann ist ja alles gut, sagte Mercier.

Mir ist kalt, sagte Camier.

Es war tatsächlich kalt.

Es ist tatsächlich kalt, sagte Mercier.

Wohin gehen wir so unsicheren Schrittes? sagte Camier.

Wir gehen, glaube ich, auf den Kanal zu, sagte Mercier.

Schon? sagte Camier.

Es macht uns womöglich Spaß, sagte Mercier, den Treidelweg einzuschlagen und ihm zu folgen, bis es todlangweilig wird. Vor uns, uns rufend, ohne daß wir aufzublicken brauchen: die sterbenden Farben, die wir so lieben.
Wie du sagst, sagte Camier.
Auch das Wasser wird bleiblau aussehen, sagte Mercier, während einer ganzen Weile, was auch nicht zu verachten ist. Und, wer weiß, daraus erwächst uns vielleicht die Lust, uns da hineinzustürzen.
Die Abstände zwischen den Brückchen werden größer und größer, sagte Camier. Über den Stau gebeugt, versuchen wir etwas zu begreifen. Von den am Ufer vertäuten Lastkähnen klingen Schifferstimmen herüber, die uns einen guten Abend wünschen. Ihr Tag ist beendet, sie rauchen die letzte Pfeife, bevor sie sich ins Bett legen.
Der Stau? sagte Mercier.
Der Stau, sagte Camier, S–T–A-U, Stau.
Jeder für sich, sagte Mercier, und Gott für uns alle.
Die Stadt liegt weit hinter uns, sagte Camier. Allmählich überholt uns die blauschwarze Nacht. Die Sterne schimmern durch den Wolkenschleier. Der Mond wird erst gegen vier Uhr früh aufgehen. Es wird immer kälter. Wir waten durch Wasserlachen, die der Regen hinterlassen hat. Wir können nicht mehr weiter. Es gibt auch kein Zurück mehr.

Ein paar Augenblicke später fügte er noch hinzu:

Wovon träumst du, Mercier?

Dunkel vom Elend des Daseins, sagte Mercier.

Sollen wir irgendwo ein Glas trinken? sagte Camier.

Ich glaubte, wir wären uns darin einig, sagte Mercier, nur noch nach einem Unglücksfall oder bei Unwohlsein zu trinken. Gehört das nicht zu unseren zahlreichen Vereinbarungen?

Es handelt sich nicht darum zu trinken, sagte Camier, es handelt sich darum, ein Gläschen zu kippen, stehenden Fußes, um uns Mut zu machen.

Sie machten an der ersten Kneipe halt.

Keine Tretomobile hier! sagte der Besitzer.

Wenn man es sich recht überlegt, so war er vielleicht nur ein Angestellter.

Er nennt es ein Tretomobil, sagte Camier.

Komm! Raus! sagte Mercier.

Mistviecher, sagte der Kellner.

Und nun? sagte Camier.

Sollen wir es an einem Laternenpfahl befestigen? sagte Mercier.

Dann könnten wir uns freier bewegen, sagte Camier.

Sie entschieden sich schließlich für ein Gitter. Das kam aufs gleiche hinaus.

Und nun? sagte Mercier.

Gehen wir wieder zu Herrn Tretomobil? sagte Camier.

Nie, sagte Mercier.
Das solltest du nie sagen, sagte Camier.
Sie gingen also in die Kneipe gegenüber.
Am Tresen sitzend, unterhielten sie sich über dies und das und kamen dabei vom Hölzchen aufs Stöckchen, wie sie es gewöhnt waren. Sie redeten, sie schwiegen, sie hörten zu, sie hörten nicht mehr zu, jeder nach seinem Belieben und gemäß seinem eigenen Rhythmus. Es gab Momente, ganze Minuten, während derer Camier nicht die Kraft hatte, sein Glas an den Mund zu heben. Was Mercier betraf, so unterlag er der gleichen Schwäche. Also gab der Stärkere dem Schwächeren zu trinken, indem er ihm den Rand des Glases zwischen die Lippen schob. Düstere und gleichsam plüschige Massen bedrückten sie allseits, und zwar, je weiter die Zeit fortschritt, um so beklemmender. Nichtsdestoweniger ergab sich aus diesem Gespräch, unter anderem, was folgt.
1. Es wäre unnütz, ja sogar verwegen, weiterzugehen, vorerst.
2. Sie brauchten nur Helene zu bitten, sie für die Nacht zu beherbergen.
3. Nichts würde sie daran hindern, sich am nächsten Morgen in aller Frühe und bei jedem Wetter auf den Weg zu machen.
4. Sie hatten einander nichts vorzuwerfen.
5. Gab es das, was sie suchten?
6. Was suchten sie?
7. Nichts eilte.

8. Alle ihre Entscheidungen im Zusammenhang mit dieser Expedition waren in aller Ruhe zu überprüfen.
9. Nur eins war wichtig: aufzubrechen.
10. Scheiß was drauf.

Als sie wieder auf der Straße waren, packten sie einander am Arm. Nach einigen hundert Metern machte Mercier Camier darauf aufmerksam, daß sie nicht im Gleichschritt gingen.

Du hast deinen Rhythmus, sagte Camier, und ich habe meinen.

Ich mache uns keine Vorwürfe, sagte Mercier. Es ist jedoch ermüdend. Man kommt nur so ruckweise voran.

Mir wäre lieber, sagte Camier, wenn du mich geradeheraus und ohne Umschweife darum bätest, entweder deinen Arm loszulassen und wegzugehen oder mich deinem Zickzackkurs zu fügen.

Camier, Camier, sagte Mercier, indem er dessen Arm an sich drückte.

Als sie auf eine Kreuzung stießen, blieben sie stehen.

Wohin werden wir uns nun schleppen müssen? sagte Camier.

Wir befinden uns in einer seltsamen Situation, sagte Mercier, ich meine im Hinblick auf Helenes Haus, wenn ich mich richtig orientiert habe. Denn diese verschiedenen Wege, die du siehst, führen alle gleich schnell dahin.

Laß uns also kehrtmachen, sagte Camier.

Das würde uns fühlbar davon entfernen, sagte Mercier.
Wir können aber doch nicht die ganze Nacht hier stehenbleiben, sagte Camier, wie zwei Idioten.
Laß uns unseren Regenschirm in die Höhe werfen, sagte Mercier. Er wird auf irgendeine Weise gemäß Gesetzen, die wir nicht kennen, herunterfallen. Wir brauchen dann nur noch in die angezeigte Richtung zu gehen.
Der Regenschirm antwortete, Nach links. Er sah wie ein großer verwundeter Vogel aus, wie ein großer Unglücksvogel, den Jäger gerade abgeschossen hatten und der keuchend den Gnadenstoß erwartete. Die Ähnlichkeit war sehr auffallend. Camier hob ihn auf und hängte ihn an seine Tasche.
Er ist hoffentlich nicht kaputt, sagte Mercier.
Ihre Aufmerksamkeit wurde in diesem Moment durch die seltsame Gestalt eines Herrn angezogen, der trotz der Kühle nur einen Frack und einen Zylinder trug. Er schien in dem Moment dem gleichen Weg zu folgen wie sie, denn sie sahen ihn von hinten. Seine Hände hoben mit einer eitlen, geckenhaften Geste die Rockschöße seines Fracks an und ließen sie auseinanderflattern. Er schritt vorsichtig mit steifen, gespreizten Beinen voran.
Möchtest du singen? sagte Camier.
Nicht daß ich wüßte, sagte Mercier.
Es begann wieder zu regnen. Aber hatte der Regen je aufgehört?

Wir wollen uns beeilen, sagte Camier.
Warum fragst du mich das? sagte Mercier.
Camier schien sich für die Antwort Zeit zu lassen. Schließlich sagte er: Ich höre singen.
Sie machten halt, um besser lauschen zu können.
Ich höre nichts, sagte Mercier.
Du hast aber doch ein gutes Gehör, denke ich, sagte Camier.
Ein ganz anständiges, sagte Mercier.
Wie seltsam, sagte Camier.
Hörst du es immer noch? sagte Mercier.
Man möchte meinen, ein gemischter Chor, sagte Camier.
Es ist vielleicht eine Sinnestäuschung, sagte Mercier.
Das ist möglich, sagte Camier.
Sollen wir mal einen Dauerlauf machen? sagte Mercier.
Sie machten eine ganze Weile einen Dauerlauf durch dunkle, nasse und verlassene Straßen. Als sie den Dauerlauf beendet hatten, sagte Camier: Wir werden bei Helene in einem schönen Zustand ankommen, durchnäßt bis auf die Knochen.
Wir werden uns sofort ausziehen, sagte Camier. Wir werden unsere Kleider zum Trocknen ans Feuer hängen oder in den Wäscheschrank, durch den die Warmwasserrohre führen.
Warum, sagte Mercier, haben wir eigentlich nicht unseren Regenschirm benützt?
Camier schaute sich den Regenschirm an, den er nun in der Hand hielt. Er hatte ihn in die

Hand genommen, um unbehinderter laufen zu können.
Wir hätten es gekonnt, sagte er.
Wozu belastet man sich mit einem Regenschirm, sagte Mercier, wenn man ihn zu gegebener Zeit nicht aufspannt?
Ich bin ganz deiner Meinung, sagte Camier.
Spann ihn um Gottes willen auf, sagte Mercier.
Aber Camier konnte ihn nicht aufspannen.
Ich kann es nicht, sagte er.
Gib her, sagte Mercier.
Aber Mercier konnte ihn auch nicht aufspannen.
In diesem Augenblick verwandelte sich der Regen, dieser diensteifrige Komplice der universalen Boshaftigkeit, in eine wahre Sintflut.
Er ist verklemmt, sagte Camier. Nur ja nicht mit Gewalt!
Du Aas, sagte Mercier.
Meinst du mich? sagte Camier.
Ich meine den Regenschirm, sagte Mercier. Er hob ihn mit beiden Händen hoch über seinen Kopf und schleuderte ihn mit aller Kraft zu Boden. Du Ausgepichter, sagte er. Und indem er sein verzerrtes, triefendes Gesicht zum Himmel wandte und die geballten Fäuste erhob, fügte er hinzu, Was dich betrifft, so scheiß' ich was drauf.
Der Schmerz, den Mercier seit dem Morgen heldenhaft unterdrückt hatte, brach nun ungehemmt hervor, daran war nicht zu zweifeln.
Wendest du dich mit solchen Worten an unseren

kleinen Omni-omni? sagte Camier. Das solltest du nicht tun. Er ist es vielmehr, der etwas auf dich scheißt. Er ist unbescheißbar. Omni-omni, der Unbescheißbare.

Ich bitte dich, den Namen von Missis Mercier aus dem Spiel zu lassen, sagte Mercier.

Jetzt dreht er durch, sagte Camier.

Wäre der Schlamm an dieser Stelle ein wenig tiefer, sagte Mercier, so würde ich mich bis zum Morgen darin suhlen.

Bei Helene fiel ihnen sofort der Teppich auf.

Schau dir diesen Bodenbelag an, sagte Camier.

Mercier schaute ihn sich an.

Das ist ein hübscher Teppich, sagte er.

Unerhört, sagte Camier.

Man möchte meinen, daß du ihn zum erstenmal siehst, sagte Mercier. Du hast dich doch schon genug darauf herumgelümmelt.

Ich sehe ihn zum erstenmal, sagte Camier. Ich werde ihn nie vergessen.

Das sagt man so, sagte Mercier.

Wenn man an diesem Abend vor allem den Teppich sah, so sah man nicht nur ihn. Denn man sah auch den Ara. Auf seiner in einer Ecke an der Decke hängenden Stange, die von Schwingungs- und Wirbeltendenzen wirr bewegt wurde, hielt er sich in einem unruhigen Gleichgewicht. Er schlief trotz der späten Stunde nicht. Seine Brust wölbte und höhlte sich schwach in einer bedrückten Arhythmie. Unmerkliche Zuckungen hoben den Flaum bei jedem Ausatmen an. Von Zeit zu Zeit öffnete sich der Schnabel und blieb ein paar Sekunden lang offen. Man hätte meinen mögen: ein Fisch. Dann sah man die schwarze, spindelförmige Zunge, die sich bewegte. Die leicht vom Licht abgewandten, von unsagbarer Angst und Verstörtheit erfüllten Augen schienen zu lauern. Bange Schauer huschten über das Gefieder, das ironisch glänzend aufflammte. Unter ihm, auf dem Teppich, lag eine große auseinandergefaltete Zeitung.

Es gibt mein Bett, und es gibt den Diwan, sagte Helene.

Seht zu, daß ihr zurechtkommt, sagte Mercier, ich schlafe jedenfalls mit niemandem.

Einen feinen kleinen Aufhupfer, nicht zu ausgedehnt, sagte Camier, das meinetwegen, aber mehr nicht.

Es ist vorbei mit den feinen kleinen Aufhupfern und mehr nicht, sagte Helene.

Ich werde auf dem Fußboden schlafen, sagte Mercier, und auf die Morgendämmerung warten. An meinen offenen Augen werden Szenen und Gesichter vorbeiziehen. Das Regnen auf das Glasdach wird sich wie Krallenkratzen anhören, und die Nacht wird mir ihre Farben erzählen. Ich werde Lust bekommen, mich aus dem Fenster zu stürzen, aber ich werde sie bezwingen. Er wiederholte brüllend, Ich werde sie bezwingen!

Als sie wieder auf der Straße waren, fragten sie

sich, was sie mit dem Fahrrad gemacht hatten. Auch der Sack war weg.

Hast du den Papagei gesehen? sagte Mercier.

Er ist hübsch, sagte Camier.

Er hat in der Nacht gestöhnt, sagte Mercier. Ich wußte nicht, daß Papageien stöhnen, und doch hat er gestöhnt, recht oft sogar.

Es war vielleicht eine Maus, sagte Camier.

Ich werde ihn bis zu meinem Sterbetage sehen, sagte Mercier.

Ich wußte nicht, daß sie einen Papagei hat, sagte Camier. Aber vor allem der Spannteppich hat mir einen Schlag versetzt.

Ich auch nicht, sagte Mercier. Sie sagt, sie habe ihn seit Jahren.

Sie lügt natürlich, sagte Camier.

Es regnete immer noch. Sie suchten Zuflucht in einer Toreinfahrt, da sie nicht wußten, wohin sie gehen sollten.

In welchem Augenblick hast du eigentlich das Fehlen unseres Sacks bemerkt? sagte Mercier.

Heute morgen, sagte Camier, als ich ein paar Sulfonamide schlucken wollte.

Diese Einzelheiten interessieren mich nicht, sagte Mercier.

Erinnerst du dich an die Ereignisse von gestern abend? sagte Camier.

Ich erinnere mich dunkel daran, sagte Mercier. Aber wir waren in einem Viertel, das ich kaum kenne.

Wie fühlst du dich heute? sagte Camier.
Ich fühle mich schwach, bin aber entschlossen, sagte Mercier. Und du?
Es geht eigentlich etwas besser als gestern, sagte Camier.
Ich vermisse den Regenschirm, sagte Mercier.
Camier musterte sich, indem er den Kopf neigte und die Arme spreizte, als handelte es sich um einen Knopf.
Wir haben ihn wohl bei Helene stehenlassen, sagte er.
Ich habe den Eindruck, sagte Mercier, daß, wenn wir diese Stadt nicht heute verlassen, wir sie nie verlassen werden. Laß uns also gut überlegen, ehe wir die Fahndung nach diesen Dingen aufnehmen.
Was war eigentlich in dem Sack? sagte Camier.
Toilettenartikel, sagte Mercier.
Überflüssiger Luxus, sagte Camier.
Etliche Paar Socken und eine Unterhose, sagte Mercier.
Denk mal an, sagte Camier.
Und Mundvorräte, sagte Mercier.
Die man nur noch wegschmeißen kann, sagte Camier.
Vorausgesetzt, wir kommen wieder dran, sagte Mercier.
Laß uns den ersten Expreß nehmen, der zum Süden fährt! rief Camier. Und er fügte hinzu, Dann kommen wir nicht in die Versuchung, an der ersten besten Station wieder auszusteigen.

Und warum eher zum Süden als zum Norden, sagte Mercier, oder zum Osten oder zum Westen?
Ich mag den Süden lieber, sagte Camier.
Ist das ein Grund? sagte Mercier.
Der Südbahnhof liegt ganz in der Nähe, sagte Camier.
Daran hatte ich nicht gedacht, sagte Mercier. Er trat hinaus auf die Straße und schaute sich den Himmel an. Der Himmel sah grau und düster aus, wohin man auch schauen mochte.
Der Himmel sieht überall pißgrau aus, sagte er, indem er wieder unter den Torbogen trat. Wir würden bald wie besoffene Pudel dastehen, ohne Regenschirm.
Du willst sagen, wie begossene Pudel, sagte Camier.
Ich will sagen, wie besoffene Pudel, sagte Mercier.
Wenn wir den Regenschirm hätten, sagte Camier, wäre es uns nicht möglich, ihn zu benützen. Er ist kaputt.
Was erzählst du mir da? sagte Mercier.
Wir haben ihn gestern abend kaputtgemacht, sagte Camier, als wir ihn um Rat fragten. Es war deine Idee.
Mercier nahm seinen Kopf in beide Hände. Allmählich erinnerte er sich an die Szene. Er richtete sich wieder auf, ganz selbstbewußt.
Komm, sagte er, keine überflüssigen Tränen!
Wir werden den Wettermantel anziehen, bald ich, bald du, sagte Camier.

Wir werden im Expreß sitzen, sagte Mercier, und zum Süden brausen.

Durch die triefenden Fensterscheiben, sagte Camier, versuchen wir, die Kühe zu zählen. Sie frösteln trübselig im unzureichenden Schutz der Hecken. Ganz durchnäßte, schäbige Raben fliegen auf und davon. Aber allmählich bessert sich das Wetter. Und wir steigen bei strahlendem Sonnenschein eines schönen Winternachmittags aus. Man möchte meinen, man wäre in Monaco.

Ich erinnere mich nicht daran, das geringste gegessen zu haben, seit vierundzwanzig Stunden, sagte Mercier.

Ich habe eine Zwiebelsuppe gelöffelt, gegen vier Uhr früh, sagte Camier. Du hast mich hören müssen.

Und doch bin ich nicht hungrig, sagte Mercier.

Man muß essen, sagte Camier. Sonst breitet der Magen sich aus und wird flach wie eine Pseudozyste.

Wie geht es eigentlich deiner Zyste? sagte Mercier.

Sie stagniert, sagte Camier. Aber unter der Oberfläche bereitet sich eine Katastrophe vor.

Und was wirst du tun, wenn es soweit ist? sagte Mercier.

Ich wage nicht, daran zu denken.

Ich würde wohl ein Stück Apfeltorte mit Sahne essen, sagte Mercier. Ich bin nicht verrückt darauf, aber ich würde es essen.

Erdbeertorte, sagte Camier.
Mercier überlegte.
Dann lieber Pflaumentorte, sagte er.
Ich hole es für dich, sagte Camier. Warte hier auf mich.
Nein, nein! rief Mercier, du sollst mich nicht allein lassen, wir wollen einander nicht allein lassen!
Beruhige dich, sagte Camier. Ich habe ja doch den Wettermantel, vorerst. Also muß ich es auch holen. Das dauert nur zwei Minuten. Er trat auf die Straße hinaus und überquerte die Fahrbahn.
Camier! rief Mercier.
Camier drehte sich um.
Grillasch! rief Mercier.
Was? rief Camier.
Grillasch! rief Mercier.
Camier kehrte Hals über Kopf unter den Torbogen zurück.
Du willst wohl, daß ich überfahren werde, sagte er. Was soll ich also holen?
Grillaschtorte, sagte Mercier.
Grillaschtorte, Grillaschtorte, sagte Camier. Was ist das, Grillaschtorte?
Mercier erklärte es ihm.
Mit Sahne, sagte Camier.
Ja, selbstverständlich mit Sahne! rief Mercier. Los, hau ab.
Camier rührte sich nicht von der Stelle.
Worauf wartest du denn? sagte Mercier.

Ich ging gerade mit mir zu Rate, sagte Camier. Ich sagte mir, Camier, ist es nötig, daß man sich aufregt, oder braucht man es nicht?

Geh woanders mit dir zu Rate, sagte Mercier.

Jeder andere würde sich aufregen, an meiner Stelle, sagte Camier. Ich, wenn ich alles recht bedenke, nicht. Denn ich sage mir, die Stunde ist ernst, und Mercier fühlt sich nicht wohl in seiner Haut. Er näherte sich Mercier, der prompt zurückwich. Ich wollte dich nur umarmen, sagte Camier. Ich werde es ein andermal tun, wenn es dir besser geht, falls ich daran denke. Er trat in den Regen hinaus und verschwand.

Der allein gelassene Mercier begann unter der Toreinfahrt auf- und abzugehen, ganz versunken in bitteren Überlegungen. Dies war ihre erste Trennung seit dem Vorvorabend. Ruckartig aufblickend, als wolle er sich von einer unerträglich gewordenen Vision abwenden, sah er zwei Kinder, einen kleinen Knaben und ein kleines Mädchen, die ihn anschauten. Sie trugen zwei in jeder Hinsicht gleiche schwarze Regenhäute mit Kapuze, und der Knabe hatte einen kleinen Sack auf dem Rücken. Sie hielten einander an der Hand.

Papa, sagten sie, beinahe gleichzeitig.

Guten Abend, meine Kinder, sagte Mercier, und nun schert euch weg.

Aber sie scherten sich keineswegs weg. Die einander haltenden Hände schwenkten sie hin und her, wie eine kleine Schaukel. Schließlich ließ die

Kleine den Knaben los und ging auf den zu, den beide Papa genannt hatten. Sie streckte die Ärmchen nach ihm aus, als wolle sie einen Kuß haben oder wenigstens gestreichelt werden. Der Knabe folgte ihr, sichtlich beunruhigt. Mercier hob einen Fuß und stampfte heftig mit ihm aufs Pflaster. Schert euch weg! rief er. Er trat mit fuchtelnden Armen und verzerrtem Gesicht auf sie zu. Die Kinder wichen zurück bis auf den Bürgersteig, wo sie wieder stehenblieben. Haut bloß ab! schrie Mercier. Er sprang wütend auf sie zu, und die Kinder ergriffen die Flucht. Mercier trat in den Regen hinaus und schaute den Davonlaufenden nach. Aber bald machten sie halt und blickten zurück. Was sie da sahen, hat sie sicherlich tief beeindruckt, denn sie setzten ihre Flucht fort und bogen schleunigst in die nächste Seitenstraße ein. Der unselige Mercier hingegen vermutete nach einigen Minuten grimmigen Lugens, daß die Gefahr vorüber sei, trat ganz durchnäßt wieder unter den Torbogen und setzte seine Überlegungen, wieder fort, wenn nicht an der Stelle, wo sie unterbrochen worden waren, so doch in deren Nähe. Das Besondere an Merciers Überlegungen war, daß sie überall in der gleichen Weise hin und herwogten und einen unabänderlich an dieselbe Klippe warfen, an welcher Stelle auch immer man sich auf sie einlassen mochte. Es handelte sich vielleicht weniger um Überlegungen als um eine ungestüme, trübsinnige Träumerei, bei der

Vergangenheit und Zukunft in wenig angenehmer Weise verschwammen und die Gegenwart die undankbare Rolle der ewigen Ertrunkenen spielt. Nun ja.

Bitte sehr, sagte Camier, ich hoffe, du hast dir keine Sorgen gemacht.

Mercier wickelte das Gebäck aus dem Papier und legte es auf seinen Handteller. Er führte seine Nase und seine Augen heran, indem er sich tief vorbeugte. Er schaute Camier, ohne sich wieder aufzurichten, mit einem kurzen, schrägen, mißtrauischen Blick an.

Es ist ein Windbeutel, sagte Camier. Das ist alles, was ich auftreiben konnte.

Mercier ging, immer noch gekrümmt, bis an die Türöffnung, um besser sehen zu können, und betrachtete das Gebäck aufs neue.

Er ist voller Rumpudding, sagte Camier.

Mercier schloß langsam die Hand, und die Füllung spritzte zwischen seinen Fingern hervor. Seine weit aufgerissenen Augen füllten sich mit Tränen. Camier näherte sich, um besser zu sehen. Tränen, die von nachdrängenden hervorgetrieben wurden, rannen an den Wangen entlang und verschwanden im Bart. Das Gesicht blieb ruhig. Die immer noch übergehenden und wahrscheinlich nichts mehr sehenden Augen schienen aufmerksam etwas zu folgen, das sich auf dem Boden fortbewegte.

Wenn du ihn nicht mochtest, sagte Camier, hät-

test du ihn doch einem Hund geben können, oder einem Balg.
Ich weine, sagte Mercier, stör mich nicht.
Als Mercier ausgeweint hatte, sagte Camier:
Nimm unser Taschentuch.
Es gibt Tage, sagte Mercier, an denen man jeden Moment auf die Welt kommt. Dann ist alles voll von kleinen schmutzigen, rotzigen Merciers. Es ist haarsträubend. Man wird nie krepieren.
Schluß jetzt, sagte Camier. Du stehst da wie ein großes S. Man würde dich für einen Neunzigjährigen halten.
Nichts, was mir lieber wäre, sagte Mercier. Er wischte sich die Hand an seinem Hosenboden. Ich fühle, daß ich auf allen vieren kriechen werde, sagte er.
Ich geh' jetzt, sagte Camier.
Du läßt mich im Stich, sagte Mercier. Das wußte ich.
Du kennst meinen Charakter, sagte Camier.
Nein, sagte Mercier, aber ich rechnete damit, daß deine Anhänglichkeit mir beim Abbüßen meiner Strafe helfen würde.
Ich kann dir helfen, aber ich kann dich nicht wiederauferstehen lassen.
Nimm mich an die Hand, sagte Mercier, und führ mich weit weg von hier. Ich werde ganz brav an deiner Seite trotten, wie ein junger Hund oder ein kleines Kind. Und der Tag wird kommen –

Die Luft wurde von einem schrecklichen Bremsenquietschen zerrissen, auf das ein Schreien und ein laut widerhallender Knall folgten. Mercier und Camier stürzten sich (nach kurzem Zögern) hinaus und konnten, ehe sich die Menschenmenge dazwischenstellte, eine dicke, anscheinend schon etwas betagte Frau sehen, die sich hilflos auf dem Boden wand. Im Durcheinander ihrer Kleidung waren weißliche gekräuselte Dessous außergewöhnlicher Dichte zu erkennen. Ihr Blut, das einer oder mehreren Verletzungen entströmte, rann schon in die Rinne.

Ah, sagte Mercier, das ist genau das, was ich brauchte. Ich bin wieder ganz munter. Er sah tatsächlich wie verwandelt aus.

Dies möge uns als Lehre dienen, sagte Camier.

Das heißt? sagte Mercier.

Daß man nie verzweifeln soll, sagte Camier. Wir wollen dem Leben vertrauen.

Das will ich meinen, sagte Mercier. Ich fürchtete, dich mißverstanden zu haben.

Unterwegs begegneten sie einem Krankenwagen, der zum Schauplatz des Unfalls raste.

Wie bitte? sagte Camier.

Eine Schande, sagte Mercier.

Ich versteh' nicht, sagte Camier.

Ein Acht-Zylinder, sagte Mercier.

Na und? sagte Camier.

Es heißt doch, das Benzin sei so knapp, sagte Mercier.

Es sind vielleicht mehrere Opfer, sagte Camier. Wenn es sich um ein Baby gehandelt hätte, wären sie nicht anders verfahren.

Es regnete ganz sanft, wie aus einer Brause mit ganz feinen Düsen. Mercier ging mit dem Kopf im Nacken. Dann und wann rieb er sich mit seiner freien Hand das Gesicht. Er hatte sich seit geraumer Zeit nicht mehr gewaschen.

III
Zusammenfassung der beiden vorhergehenden Kapitel

I

Ingangsetzung.
Merciers und Camiers schwieriges Zusammentreffen.
Der Saint-Ruth-Park.
Die Rotbuche.
Der Regen.
Die Schutzhütte.
Die Hunde.
Camiers Niedergeschlagenheit.
Der Wärter.
Das Fahrrad.
Wortwechsel mit dem Wärter.
Mercier und Camier beraten sich.
Ergebnis dieser Beratung.
Abendliche Aufheiterung.
Die Glocke.
Mercier und Camier gehen weg.

II

Die Stadt in der Dämmerung.
Mercier und Camier gehen in Richtung des Kanals.
Heraufbeschwörung des Kanals.

Die Wut eines Kellners.
Erste Kneipe.
Mercier und Camier beraten sich.
Ergebnisse dieser Beratung.
Mercier und Camier gehen in Richtung von Helenes Wohnung.
Zweifel wegen des Weges.
Der Regenschirm.
Der Mann im Frack.
Der Regen.
Camier hört singen.
Mercier und Camier machen einen Dauerlauf.
Der Regenschirm.
Die Sintflut.
Merciers Schmerz.
Bei Helene.
Der Teppich.
Der Ara.
Der zweite Tag.
Der Regen.
Verschwinden des Sacks, des Fahrrads und des Regenschirms.
Mercier und Camier beraten sich.
Ergebnisse dieser Beratung.
Camier geht weg.
Merciers Schmerz.
Mercier und die Kinder.
Merciers Überlegungen.
Camier kommt wieder.
Der Windbeutel.

Merciers Hilflosigkeit.
Der Unfall.
Mercier und Camier gehen weg.
Regen auf Merciers Gesicht.

IV

Als hoffentlich einziges Kind wurde ich in P... geboren. Meine Eltern stammten aus Q... Von ihnen erhielt ich, zusammen mit der blassen Treponema, die lange Nase, deren Überrest Sie sehen. Sie behandelten mich streng, aber gerecht. Beim geringsten Verstoß gegen die Verhaltensregeln züchtigte mein Vater mich mit seinem soliden Rasiermesserstreichriemen bis aufs Blut. Aber er versäumte nie, Mama davon zu unterrichten, damit sie meine Wunden mit Jodtinktur oder Permanganat behandele. Das ist wahrscheinlich die Erklärung für meine Heimlichtuerei und meine Hinterhältigkeit. Da es mir an Geschick für Übungen des Geistes fehlte, wurde ich mit dreizehn Jahren von der Schule genommen und bei Bauersleuten in der Umgebung untergebracht. Weil der Himmel, um ihre Worte zu gebrauchen, nicht gewollt hatte, daß sie Kinder kriegten, hielten sie sich mit einer ganz natürlichen Verbissenheit an mir schadlos. Und als meine Eltern bei einem providentiellen Eisenbahnunglück starben, adoptierten sie mich in aller Form, wie das Gesetz es befiehlt. Da aber mein Körper ebenso schwach war wie mein Geist, war ich für sie die Ursache gar mancher Enttäuschungen. Den Pflug führen, die Sense schwingen, im Rübenfeld herumstaken usw., das alles waren Arbeiten, die meine

Kräfte überstiegen und die mich buchstäblich auf der Stelle umwarfen, wenn man mich dazu nötigen wollte. Selbst als Kuhhirt, als Schäfer und als Ziegenhüter mochte ich mir noch so große Mühe geben, es gelang mir nicht, zufriedenstellende Ergebnisse zu erzielen. Denn die Tiere irrten, ohne daß ich es gewahrte, auf den Ländereien der Nachbarn herum und fraßen sich dort übersatt an Blumen, Obst und Gemüsen. Ich rede gar nicht von den Kämpfen der Stiere, Ziegenböcke und Widder, die mich so sehr erschreckten, daß ich, so schnell mich meine Beine trugen, in die Scheune lief, um mich dort zu verstecken. Außerdem führte meine Unfähigkeit, bis über zehn zu zählen, dazu, daß die Herde fast nie vollzählig heimkehrte, wodurch ich mir freilich Vorwürfe zuzog. Die einzigen Tätigkeitsfelder, auf denen ich mich rühmen kann, nicht gerade geglänzt zu haben, aber doch wenigstens auf der Höhe gewesen zu sein, sind das des Schlachtens von Lämmlein, Öchslein und Zicklein und das des Kastrierens junger Stiere, Widder und Ziegenböcke, vorausgesetzt jedoch, daß es sich dabei um ganz sanfte und fromme Tiere handelte. Auf diesem Fachgebiet also habe ich mich verschanzt, von meinem fünfzehnten Lebensjahre an. Ich habe zu Hause noch ganz niedliche kleine, nun ja, sagen wir relativ kleine Widderhoden aus jener glücklichen Periode. Auch beim Federvieh verstand ich es, sehr behende und präzise einzugreifen. Ich wandte beim Erwürgen von Gänsen einen Kniff an, den nur ich kannte, und der allen größte Bewunderung abrang. Oh, ich weiß sehr wohl, daß Sie mir nur mit halben Ohr, ja sogar gereizt zuhören, aber das ist mir egal. Denn ich bin alt, und das einzige mir verbliebene Vergnügen ist, mit lauter Stimme und in dem erhabenen Stil, den ich hasse, die schönen Tage wachzurufen, die zum Glück nicht wiederzukehren drohen. Da ich mit zwanzig, oder aber neunzehn Jahren, in meiner Unbeholfenheit eine Stallmagd geschwängert hatte, nahm ich Reißaus, im Schutze der Nacht, denn ich wurde strengstens überwacht. Ich machte mir diese Gelegenheit zunutze, um die Scheunen, Speicher und Stallungen in Brand zu stecken. Aber diese Brände waren kaum ausgebrochen, als sie auch schon durch einen anhaltenden Platzregen gelöscht wurden, den niemand hätte vorhersehen können, da im Augenblick der Brandstiftung kein einziges Wölkchen am Himmel war. – Der Regen ist der Ruin dieses unglücklichen Landes. Es ist fünfzig Jahre her, man kann also genausogut sagen fünfhundert. Er schwang seinen Stock und schlug damit heftig auf die Sitzbank, von der sogleich eine feine, flüchtige Staubwolke aufstieg. Fünfhundert, brüllte er.

Der Zug fuhr langsamer. Mercier und Camier schauten einander an. Der Zug hielt.

O weh, sagte Mercier, wir sitzen in einem Bummelzug.

Es ist vielleicht ein Glück, sagte Camier.
Das kann man wohl sagen! sagte der Greis.
Der Zug setzte sich wieder in Bewegung.
Wir hätten aussteigen können, sagte Camier. Jetzt ist es zu spät.
Sie werden mit mir aussteigen, an der nächsten Station, sagte der Greis.
Das wirft alles über den Haufen, sagte Mercier.
Metzgergeselle, sagte der Greis, Lebensmittelverkäufer, Pferdehändlersknecht, Leichenbitter, Küster und wer weiß was noch, immer bei den Kadavern, das ist mein Leben. Ich überlebte, indem ich redete, alle Tage etwas mehr, alle Tage etwas besser. Man muß schon sagen, daß ich es im Blut hatte, da mein Vater mit einer Geschwindigkeit, die man sich wohl vorstellen kann, dem Schoße eines Landpfarrers entsprossen war, wie alle wußten. Man sah nur mich in den Pinten und Puffs der Vororte. Kameraden, so sagte ich zu ihnen, ich, der gar nicht schreiben konnte, Kameraden, Homer lehrt uns, im dritten Gesang der Ilias, Vers fünfundachtzig und folgende, worin das Erdenglück, kurzum: das Glück besteht. Oh, ich ersparte ihnen nichts. Potopompos scroton évohé, das sagte ich zu ihnen. Ich hatte Kurse besucht, jawohl. Er stieß einen schrillen, wilden Schrei aus. Kostenlose Kurse, die hochherzig für die armen Schlucker abgehalten wurden, die begierig nach Lichtlein waren. Potopompos scroton, weich erigieren und hart pokulieren. Verlaßt die-

sen Ort, hängenden Schwanzes und erhobenen Hauptes, so sagte ich zu ihnen, und kommt morgen wieder. Die Frau Gemahlin wird verramscht, soll selber sehen, wie sie fertig wird. Manchmal bekam ich was ab. Ich stand dann blutüberströmt und mit zerfetzten Kleidern wieder auf. Kinder sind Schlacken der Liebe, so sagte ich zu ihnen. Auch Gott bekam sein Teil weg. Aber schließlich wurde es zur Gewohnheit. Ich schmiß mich in Schale und ging zu den Hochzeiten, Beerdigungen, Bällen, Totenwachen und Taufen. Ich war gern gesehen. Man liebte mich fast. Ich erzählte ihnen die tollsten Geschichten über das Hymen, die Vaseline, den Anbeginn der Unbill und das Ende der Sorgen. Immer bei den Kadavern, das ist mein Leben. Bis zu dem Tage, an dem der Hof mir zufiel. Was sage ich, der Hof, die Höfe, denn es gab deren zwei. Sie liebten mich immer noch, die Armen. Das kam gut aus, denn mein Riechkolben begann zu zerbröckeln. Man wird weniger geliebt, wenn einem der Kolben zu zerbröckeln beginnt. Wir sind da.

Mercier und Camier zogen ihre Beine zurück, um ihn vorbeizulassen.

Sie steigen nicht aus? sagte der Greis. Sie haben recht. Nur die Verdammten steigen hier aus.

Er trug Gamaschen, eine gelbe Melone und eine Art Gehrock, der bis an die Knie reichte. Er stieg steifbeinig auf den Bahnsteig hinab, drehte sich

um, knallte die Abteiltür zu und blickte mit seinem gräßlichen Gesicht zu ihnen hinauf.
Sehen Sie, ich, sagte er, ich suche mir mein Abteil aus, ich warte, bis der Zug sich in Bewegung setzt, dann steige ich erst ein. Man glaubt, ein ruhiges Plätzchen fern von lästigen Schwätzern gefunden zu haben, aber Pustekuchen! Auf einmal kommt der alte Madden angepest, im allerletzten Moment. Der Zug kommt in Fahrt, man ist mit ihm zusammen eingesperrt, nichts zu machen!
Der Zug setzte sich wieder in Bewegung.
Adieu, adieu, rief Mister Madden. Sie liebten mich immer noch, sie liebten –.
Mercier, der mit dem Rücken zur Fahrtrichtung saß, sah, wie er, ungeachtet der dem Ausgang zuströmenden Leute, den Kopf auf seine Hände legte, die beide auf dem Stockknauf ruhten.
Es ist viel vom Himmel die Rede, die Augen wenden sich ihm oft zu, sie reißen sich ruhebedürftig los von den erlaubten und gewollten Massen, um sich dieser Menge durchsichtiger Einöden zu überlassen, das steht fest. Wie froh sie dann sind, wieder aufs neue in den Finsternissen herumzuschnüffeln und inmitten der Anwesenheiten herumzuäugeln. So steht es um uns.
Alles, sagte Mercier, das wirft alles über den Haufen.
Camier wischte die Scheibe mit seinem Ärmelaufschlag, dessen Rand er mit gekrümmten Fingern festhielt.

Es ist eine wahre Katastrophe, sagte Mercier. Das hat mich –. Er überlegte. Das hat mich niedergeschlagen, sagte er.
Sichtweite gleich Null, sagte Camier.
Du verhältst dich merkwürdig ruhig, sagte Mercier. Solltest du etwa meinen Zustand ausgenützt haben, um den Expreß, auf den wir uns geeinigt hatten, durch diese abscheuliche Bimmelbahn zu ersetzen?
Ich muß dir noch etwas explitzieren, sagte Camier. Camier sagte immer explitzieren. Fast immer.
Ich bitte dich nicht darum, mir etwas zu expliTzieren, sagte Mercier, ich bitte dich darum, meine Frage mit Ja oder Nein zu beantworten.
Es ist nicht der richtige Moment, alle Brücken hinter sich zu verbrennen, sagte Camier, und sich in etwas zu verrennen.
Das ist ein Geständnis, sagte Mercier. Ich wußte es. Ich bin genasführt worden, auf schändliche Weise. Wenn ich mich nicht aus der Abteiltür stürze, dann nur, weil ich keinen großen Wert darauf lege, mir den Knöchel zu verstauchen.
Ich werde dir alles explitzieren, sagte Camier.
Du wirst mir gar nichts expliTzieren, sagte Mercier. Du hast meine Hilflosigkeit ausgenützt, um mir weiszumachen, daß ich in einen Expreß stiege, wohingegen –. Sein Gesicht sah schon ganz verfallen aus. Es neigte sehr zum Verfallen, Mer-

ciers Gesicht. Mir fehlen die Worte, sagte er, um ausdrücken zu können, was ich empfinde.
Es ist ja eben deine hochgradige Hilflosigkeit, sagte Camier, die mich dazu brachte, diese List anzuwenden.
Wie meinst du das? sagte Mercier.
In Anbetracht deines Zustands, sagte Camier, mußten wir abziehen, ohne abzuziehen.
Du bist ordinär, sagte Mercier.
Wir werden an der nächsten Station aussteigen, sagte Camier. Wir werden irgendwo ein bißchen essen und uns dann über den weiteren Weg einigen. Wenn wir uns dazu entschließen, die Reise fortzusetzen, werden wir die Reise fortsetzen. Wir werden zwei Stunden verloren haben. Was ist das schon, zwei Stunden?
Ich weiß nicht, sagte Mercier.
Wenn wir hingegen, sagte Camier, lieber zurückkehren möchten, zurück zur Stadt –.
Zur Stadt? sagte Mercier.
Zur Stadt, sagte Camier, dann kehren wir wieder zur Stadt zurück. Wir verfügen über eine Reihe von schnellen, bequemen Verkehrsmitteln, ich meine natürlich die Straßenbahn, den Autobus und den Zug.
Wir kommen doch gerade aus der Stadt, sagte Mercier, und nun sprichst du davon, wieder dahin zurückzukehren.
Als wir die Stadt verließen, sagte Camier, mußten wir die Stadt verlassen. Wir haben sie also

mit gutem Grund verlassen. Aber wir sind keine Kinder. Wenn die Notwendigkeit ein anderes Gesicht aufsetzt und es ihr jetzt gefällt, uns wieder zurückzutreiben, werden wir, hoffentlich, nicht lange fackeln.

Die einzige Notwendigkeit, die ich empfinde, sagte Mercier, ist die, so schnell wie möglich dieser Hölle zu entfliehen.

Eben das ist zu prüfen, sagte Camier. Vertrau dich nie dem Winde an, der deine Segel bläht, er weht immer zu spät.

Mercier hielt an sich.

Es ist schließlich möglich, sagte Camier, da man mit allem rechnen muß, daß wir den heldenmütigen Entschluß fassen, an Ort und Stelle zu bleiben. Für diesen Fall habe ich, was wir brauchen.

Ein Dorf, das nur eine Straße war, aber eine lange Straße, in der alles aneinandergereiht dalag, Wohnhäuser, Geschäfte, Kneipen, die beiden Kirchen, Bahnhof, Tankstelle, Friedhof usw. Ein Engpaß.

Nimm den Wettermantel, sagte Camier.

Bah, ich bin doch nicht aus Zucker, sagte Mercier.

Sie kehrten in ein Wirtshaus ein.

Sie irren sich, sagte der Mann. Das ist hier die Firma Clappe und Söhne, Obst- und Gemüse-Großhändler.

Und worauf stützt sich Ihre Vermutung, sagte Camier, daß wir nichts mit Papa Clappe oder

einem seiner Abfallprodukte zu besprechen haben?
Sie traten wieder auf die Straße hinaus.
Ist dies hier das Wirtshaus, sagte Camier, oder ist dies die Fischmarkthalle?
Diesmal trat der Mann übereifrig zur Seite.
Bitte sehr, meine Herren, treten Sie ein, meine Herren, sagte er. Es ist nicht das Savoy, aber es ist – wie soll ich sagen? Er musterte sie mit einem schnellen, schrägen Blick. Wie soll ich sagen? sagte er.
Sagen Sie es, sagte Camier. Spannen Sie uns nicht auf die Folter.
Es ist ... cosy, sagte der Mann. Jawohl. Es ist cosy. Sie werden sehen. Patrice! rief er. Er fügte mit leiser und sozusagen zögernder Stimme hinzu. Es ist ... gemütlich.
Er hält uns für Touristen, sagte Mercier.
Ah, sagte der Mann, sich die Hände reibend, ich kenn' mich nämlich aus in puncto Physiognomien. Es kommt nicht alle Tage vor, daß ich die Ehre habe –. Er zögerte. Daß ich die Ehre habe, sagte er. Patrice!
Ich für mein Teil, sagte Mercier, bin glücklich, Ihre Bekanntschaft zu machen, endlich. Sie sind schon lange ein Alptraum für mich.
So, so, sagte der Mann.
Ja, ja, sagte Mercier. Sie stehen gewöhnlich auf einer Türschwelle oder an einem Fenster. Hinter ihnen ein Licht- und Freudenstrudel, der ihre

Gesichtszüge normalerweise zunichte machen müßte. Aber dem ist nicht so. Sie lächeln. Sie sehen mich sicherlich nicht, denn ich befinde mich auf der anderen Seite der Gasse, in dichte Finsternis getaucht. Auch ich lächele, und ich gehe meines Weges. Sie heißen Gall. Sehen Sie mich in meinen Träumen, Mister Gall?

Wollen Sie nicht ablegen? sagte der Mann.

Ich bin jedenfalls froh, sagte Mercier, Sie unter soviel günstigeren Bedingungen wiederzufinden.

Was sollen wir denn ablegen? sagte Camier.

Nun ja, ihre Mäntel, sagte der Mann, und ihre Hüte und was weiß ich noch. Patrice!

Schauen Sie uns doch mal an, sagte Camier. Sehen wir wirklich so aus wie Hutträger? Sollten wir etwa behandschuht sein, ohne es zu wissen? Hören Sie mal!

Worauf warten Sie noch, um unsere Reisekoffer hinauftragen zu lassen? sagte Mercier.

Patrice! rief der Mann.

Das wird sich rächen, bitter rächen! sagte Mercier. Er ging auf den Mann zu. Sehen Sie nicht, sagte er, daß meine Klamotten klitschnaß sind? Geben Sie uns zu essen.

Es war ein Markttag. Die Schenke war voll von Bauersleuten, Viehhändlern und ihresgleichen. Die Tiere hingegen waren schon weg, sie hatten sich unter den Schreien der Viehtreiber hintereinanderhertrottend auf die schlammigen Wege der Weite ringsum verteilt. Die einen kehrten zurück in ihre Ställe, die anderen wußten nicht, wohin sie gingen. Hinter den Schafen mit ihren regentriefenden Fellen holperten die Leiterwagen. Mit der Hand in der Hosentasche umklammerten die Viehtreiber den Stock mit dem Sporn.

Mercier stützte sich mit den Ellbogen auf den Tresen. Camier hingegen lehnte sich mit dem Rücken daran.

Sie behalten beim Essen ihre Hüte auf dem Kopf, sagte er.

Wo ist er jetzt? sagte Mercier.

Er steht neben der Tür, sagte Camier, er behält uns im Auge, ohne es sich anmerken zu lassen.

Sieht man seine Zähne? sagte Mercier.

Er verbirgt seinen Mund hinter der Hand, sagte Camier.

Ich frage nicht, ob er seinen Mund verbirgt, sagte Mercier. Ich frage, ob man seine Zähne sieht.

Man sieht seine Zähne von hier aus nicht, sagte Camier, wegen seiner Hand, die sie verbirgt.

Was machen wir hier? sagte Mercier.

Wir werden uns zuerst mal stärken, sagte Camier. Kellner, was haben Sie heute Gutes zu essen?

Der Kellner hatte viel Gutes. Er zählte es auf. Mercier hörte nicht zu.

Ich möchte einen Seeigelsalat, sagte Mercier, mit toupierter Tunke.

Kenn' ich nicht, sagte der Kellner.

Geben Sie mir also ein Schnittchen mit Blatterwurst, sagte Mercier.

Nicht mehr da, sagte der Kellner. Er hatte sagen hören, man solle sie nicht verstimmen.
Werden Sie nicht unverschämt, sagte Mercier. Er wandte sich Camier zu. Was ist das für eine Sudelküche hier? sagte er. Soll das unsere Reise sein?
In diesem Augenblick schien Merciers und Camiers Reise tatsächlich ernstlich gefährdet zu sein. Wenn sie nicht auf der Stelle abgebrochen wurde, dann wahrscheinlich dank Camier, dessen Unternehmungslust und Seelengröße man nicht genug bewundern kann.
Mercier, sagte er, verlaß dich auf mich.
Tu aber etwas, tu etwas, sagte Mercier. Soll ich denn immer wieder allein Abhilfe schaffen?
Rufen Sie Ihren Chef, sagte Camier.
Der Kellner schien keinen großen Wert darauf zu legen.
Rufen Sie ihn, sagte Mercier, rufen Sie ihn, mein Freund, da man Sie darum bittet. Machen Sie das kurze Geräusch, das er unter Tausenden heraushört und das er selbst beim schwersten Gewitter erkennen würde. Oder geben Sie das kleine Zeichen mit dem Kopf, das nur er wahrnimmt und dem zu folgen alle Seuchen und Geißeln der Natur ihn nicht hindern könnten.
Aber der Mann, den Mercier Mister Gall genannt hatte, stand schon neben ihnen.
Habe ich die Ehre, mit dem Besitzer zu sprechen? sagte Camier.
Ich bin der Geschäftsführer, sagte der Geschäfts-

führer, denn es handelte sich um den Geschäftsführer.

Die Blatterwurst ist angeblich alle, sagte Mercier. Sie haben ja eine für einen Geschäftsführer merkwürdige Art, ein Geschäft zu führen. Was haben Sie mit Ihren Zähnen gemacht? Nennen Sie so was »gemütlich«?

Der Geschäftsführer schien zu überlegen. Er haßte Skandale. Die Enden seines hängenden grauen Schnurrbarts schienen zueinander zu streben. Der Ober schaute ihn an. Mercier staunte sehr über das spärliche graue Haar, das so fein wie das eines Säuglings aussah und in bemitleidenswerter Eitelkeit sorgfältig vom Hinterkopf nach vorn gekämmt war. Er hatte Mister Gall noch nie so gesehen, sondern immer aufrecht und lächelnd und strahlend.

Nun ja, schon gut, sagte Mercier, reden wir nicht mehr darüber. Es ist eigentlich ein durchaus verzeihliches Versäumnis.

Hätten Sie vielleicht ein Zimmer, sagte Camier, in dem mein Freund sich ein Weilchen ausruhen könnte? Er ist todmüde. Er neigte sich zum Geschäftsführer hinab und sagte ihm etwas ins Ohr.

Seine Mutter? sagte der Geschäftsführer.

Meine Mutter? sagte Mercier. Sie ging an meiner Ausführung rücksichtslos zugrunde. Sie wagte nicht, mir ins Angesicht zu blicken. Was ist in dich gefahren? sagte er zu Camier. Kannst du denn nie meine Familie aus dem Spiel lassen?

Ich hätte wohl ein Zimmer, sagte der Geschäftsführer, aber –.
Damit mein Freund sich ein Weilchen ausruhen kann, sagte Camier. Er kann nicht mehr auf den Beinen stehen.
Mal los, du Alptraum meiner schlaflosen Nächte, sagte Mercier, das kannst du mir nicht abschlagen.
Es wäre natürlich zum vollen Tagespreis, sagte der Geschäftsführer.
In den oberen Stockwerken, wenn eben möglich, sagte Mercier, damit ich mich gegebenenfalls ohne Furcht aus dem Fenster stürzen kann.
Werden Sie bei ihm bleiben? sagte der Geschäftsführer.
Selbstverständlich, sagte Camier. Sie werden uns einen kleinen Imbiß hinaufbringen lassen. Es ist übrigens möglich, daß wir hier übernachten.
Kaum anzunehmen, sagte Mercier.
Patrice! rief der Geschäftsführer. Wo ist Patrice? sagte er zum Kellner.
Er ist krank, sagte der Kellner.
Wieso, krank? sagte der Geschäftsführer. Ich habe ihn doch gestern abend gesehen. Ich meine sogar, ihn vorhin noch gesehen zu haben.
Er ist krank, sagte der Kellner. Es heißt sogar, daß er hops geht.
Wie ärgerlich, sagte der Geschäftsführer. Was fehlt ihm denn?
Ich weiß es nicht, sagte der Kellner.

Und warum hat man mich nicht unterrichtet? sagte der Geschäftsführer.
Man hat wohl geglaubt, Sie seien auf dem laufenden, sagte der Kellner.
Und wer hat gesagt, daß es ernst sei? sagte der Geschäftsführer.
Es ist ein Gerücht, sagte der Kellner.
Und wo ist er? sagte der Geschäftsführer. Zu Hause oder –.
Lassen Sie uns, verdammt noch mal, in Ruhe mit Ihrem Patrice, sagte Mercier. Sie wollen mich wohl umbringen?
Geh mit diesen Herren hinauf, sagte der Geschäftsführer. Nimm ihre Bestellung an, und komm schleunigst wieder runter.
Auf fünf? sagte der Kellner.
Oder sieben, sagte der Geschäftsführer. Wie es den Herrschaften beliebt.
Er schaute ihnen nach. Er schenkte sich etwas zu trinken ein und trank es in einem Zug aus.
Sieh da, guten Tag, Mister Graves, sagte er. Was darf ich Ihnen einschenken?
Komische Vögel, sagte Mister Graves.
Macht nichts, sagte der Geschäftsführer, ich habe mich seit langem an so was gewöhnt.
Und wo sollten Sie sich an so was gewöhnt haben? sagte Mister Graves mit der tiefen, triefenden Stimme eines sein Amt antretenden Landpatriarchen. Nicht bei uns hier, nehme ich an.
Wo ich mich an so was gewöhnt habe? sagte der

Geschäftsführer. Er schloß die Augen, um besser sehen zu können, was ihm trotz allem noch ein wenig am Herzen lag. Bei meinen Meistern, sagte er.
Ich freue mich, das von Ihnen zu hören, sagte Mister Graves. Ich wünsche Ihnen weiter alles Gute heute.
Auf bald, Mister Graves, sagte der Geschäftsführer.
Sein müder Blick schweifte durch den Raum, in dem die rechtschaffenen Ackersleute im Begriff waren, den Heimweg anzutreten.
Mister Graves hatte das Zeichen zum Aufbruch gegeben, sie würden nicht säumen, dem Beispiel eines so gewichtigen Mannes zu folgen.
Da bin ich wieder, Mister Gast, sagte der Kellner.
Mister Gast antwortete nicht sofort, da seine ganze Aufmerksamkeit der Szene gehörte, die vor seinen offenen Augen allmählich unter der zunehmenden Deutlichkeit eines kleinen mittelalterlichen, grauen Platzes verschwamm, wo bis zu den Augen eingemummelte, stumme Gestalten mit großen, mühsamen Schritten durch den tiefen Schnee staksten.
Sie haben beide Zimmer genommen, sagte der Kellner.
Mister Gast drehte sich um.
Sie haben eine Flasche Whisky bestellt, sagte der Kellner.
Nichts zu essen? sagte Mister Gast.

Nein, sagte der Kellner.

Haben sie bezahlt? sagte Mister Gast.

Ja, sagte der Kellner.

Das ist das einzige, was mich interessiert, sagte Mister Gast.

Sie kommen mir nicht geheuer vor, sagte der Kellner. Besonders der Große mit dem Bart. Der kleine Dicke, das geht noch.

Kümmere dich nicht darum, sagte Mister Gast.

Er nahm neben der Tür Aufstellung, um die letzten Höflichkeitsformeln mit seinen Gästen auszutauschen, an deren unmittelbarem herdengleichem Aufbruch nicht mehr zu zweifeln war. Die meisten von ihnen stiegen in alte, hohe Automobile der Marke Ford. Einige verkrümelten sich im Dorf und suchten nach Gelegenheiten. Andere schließlich begannen, in kleinen Gruppen zu plaudern, mitten im Regen, der sie gar nicht zu stören schien. Wer weiß, sie waren vielleicht aus landwirtschaftlichen Gründen ebenso froh darüber, daß es regnete, wie sie froh waren, den auf sie fallenden und ihre Kleider durchnässenden Regen zu fühlen. Man weiß es nie so genau bei diesen Leuten. Bald würden sie weit weg sein, verstreut durch die Wege, welche die Dämmerung des kargen Tages schon gierig verwischt. Jeder strebt eilig seinem kleinen Königreich, seiner wartenden Frau, seinen Tieren in warmer Geborgenheit und seinen Hunden zu, die auf den Motor des Herrn lauern.

Mister Gast ging wieder in die Schenke.
Hast du sie bedient? sagte er.
Ja, sagte der Kellner.
Haben sie nichts gesagt? sagte Mister Gast.
Nur, daß man sie in Ruhe lassen soll, sagte der Kellner, denn sie brauchen nichts mehr.
Wo ist Patrice? sagte Mister Gast. Bei sich zu Hause oder im Spital?
Ich glaube, daß er bei sich zu Hause ist, sagte der Kellner, aber ich weiß es nicht genau.
Du siehst nicht so aus, als ob du viel wüßtest, sagte Mister Gast.
Ich kümmere mich um meine Arbeit, sagte der Kellner. Er blickte Mister Gast stracks in die Augen. Um meine Pflichten und um meine Rechte, sagte er.
Du tust gut daran, sagte Mister Gast. Auf diese Weise gelangt man zu den allerhöchsten Ehren.
Bei den Gasts und Konsorten braucht man nicht viel zu wissen, man kann alles erraten.
Wenn man nach mir fragt, sagte Mister Gast, ich bin aus dem Haus gegangen und werde bald wieder zurück sein.
Er ging aus dem Haus und kam tatsächlich kurz darauf wieder.
Er ist tot, sagte er.
Der Kellner trocknete sich eiligst die Hände und bekreuzigte sich.
Seine letzten Worte, ehe er die Seele aufgab, sagte Mister Gast, waren unverständlich. Die vorletzten

lauteten übrigens: Zu trinken, Jesus, zu trinken.

Was fehlte ihm eigentlich? sagte der Kellner.

Es ist mir nicht gelungen, es zu erfahren, sagte Mister Gast. Wir schuldeten ihm noch wieviel Tage?

Er ist Samstag entlohnt worden, wie alle anderen, sagte der Kellner.

Dann ist es ja nicht der Rede wert, sagte Mister Gast. Ich werde ein Blumenkreuz schicken.

Er war ein guter Kerl, sagte der Kellner.

Mister Gast zuckte die Achseln.

Wo ist Therese? sagte er. Sollte die etwa auch entschlafen sein? Therese! rief er.

Sie ist auf der Toilette, sagte der Kellner.

Du weißt ja genau Bescheid, sagte Mister Gast.

Ich komme! schrie Therese.

Sie war eine kräftige junge Frau, die ein großes Tablett unterm Arm und ein Geschirrtuch in der Hand hatte.

Da schau sich einer diese Schlamperei an, sagte Mister Gast.

Ein Mann betrat die Schenke. Er trug eine Schirmmütze, einen mit Schulterklappen und Taschen besetzten Trenchcoat, eine Reithose und Bergschuhe. Seine noch schneidigen Schultern bogen sich unter dem Gewicht eines zum Platzen vollen Rucksacks, und in der Hand hatte er einen riesigen Stock. Er ging mit unsicheren Schritten durch die Schenke, wobei er seine benagelten Sohlen geräuschvoll über den Boden schleifen ließ.

Es gibt Personen, die von vornherein zu erwähnen sind, da sie jeden Moment verschwinden und nie wiederkehren können.

Mein Parkett, sagte Mister Gast.

Wasser, Wasser, sagte Mister Conaire (was er besser gleich gesagt hätte).

Mister Gast verzog keine Miene, der Kellner auch nicht. Wenn Mister Gast eine Miene verzogen hätte, hätte der Kellner wahrscheinlich auch eine Miene verzogen. Aber da Mister Gast keine Miene verzog, verzog auch der Bauer keine Miene.

Zuerst Wasser, sagte Mister Conaire, dann viel, viel Alkohol. Danke. Noch mehr. Danke. Genug.

Indem er sich krampfhaft drehte und wand, ließ er seinen Sack von den Schultern über das Kreuz auf den Boden rutschen.

Gin, sagte er.

Er lüftete seine Schirmmütze und schüttelte sie heftig in alle Richtungen. Dann setzte er sie wieder auf seinen spitzen, glänzenden Schädel.

Meine Herren, sagte er, vor sich sehen Sie einen Mann. Nützen Sie die Gelegenheit. Ich bin zu Fuß aus der tiefsten Tiefe des Stadtgas-Ofens gekommen, ohne ein einziges Mal haltzumachen, außer um zu –. Er schaute um sich, erblickte Therese (die er schon gesehen hatte, aber erst ostentativ wahrnehmen mußte), beugte sich über den Tresen und beendete seinen Satz mit leiser Stimme. Sein Blick wechselte von Mister Gast zu Georges (der Kellner heißt nun Georges) und von

Georges zu Mister Gast, als wolle er sich davon überzeugen, daß seine Worte die erwartete Wirkung gezeitigt hatten. Sich dann wieder aufrichtend, sagte er mit sonorer Stimme, wenig und oft, wenig und oft, und langsam, langsam, so ist es um mich bestellt. Er warf einen Blick auf Therese und lachte schallend drauflos. Es war ihm ein Männerwitz gelungen. Wo ist eigentlich Ihr stilles Örtchen? sagte er. Stilles! fügte er hinzu. Man nennt so was still!

Mister Gast beschrieb den Weg, der dahin führte.

Wie kompliziert das ist, sagte Mister Conaire. Immer diese widerliche Latenz des guten Tons. Wenn man in Frankfurt aus dem Zug steigt, was sieht man da, in riesiger Fraktur? Ein einziges Wort: HIER. Man stürzt sich darauf. In Perpignan hat man es auch kapiert. Ich denke an das Café de la Poste. Noch was zu trinken!

Lieber pur? sagte Mister Gast.

Mister Conaire trat ein wenig zurück und nahm eine gefällige Pose an.

Für wie alt würden Sie mich halten? sagte er. Er nahm seine Schirmmütze ab. Keine Verkleidungen! sagte er. Er drehte sich langsam um seine Achse. Nur zu, sagte er, Sie brauchen mich nicht zu schonen.

Mister Gast nannte eine Zahl.

Verdammich, sagte Mister Conaire, genau auf den Kopf!

Ja, die Glatze täuscht, sagte Mister Gast.
Kein Wort mehr darüber, sagte Mister Conaire.
Im Hof, sagten Sie?
Im Hinterhof, linkerhand, sagte Mister Gast.
Und wie kommt man dahin? sagte Mister Conaire.
Mister Gast erklärte den Weg noch einmal.
Schon gut, sagte Mister Conaire, ich schau' mir das mal an, um überflüssigen Ärger zu vermeiden.
Beim Hinausgehen machte er sich an Therese heran.
Grüß dich, du Süße, sagte er.
Therese blickte ihn an.
Sie wünschen? sagte sie.
Wie reizend sie ist, sagte Mister Conaire. An der Tür drehte er sich um. Und so liebenswürdig, sagte er, zum Verrücktwerden. Er ging hinaus.
Mister Gast und Georges schauten einander an.
Nimm dein Anschreibebuch, sagte Mister Gast. Dann wandte er sich Therese zu. Kannst du nicht etwas freundlicher sein? sagte er.
Er ist ein altes Ekel, sagte Therese.
Du brauchst ja nicht gleich auf dem Bauch zu liegen, sagte Mister Gast. Er begann, hin- und herzugehen und blieb, als sein Entschluß feststand, stehen.
Laßt alles stehen und liegen, sagte er, und gebt mal gut acht. Ich werde mal über den Gast sprechen, über dieses freundliche und ungezähmte

Tier. Nur schade, daß Patrice dies nicht mehr hören kann.
Er hob den Kopf, legte die Hände auf den Rükken und sprach über den Gast. Während er bedächtig seine Worte wägte und seine Pointen überlegte, sah er durch ein kleines Fenster auf eine flache, übersichtliche, freie Landschaft. Es ist eine Heide, und ein schmaler randloser Weg ohne Schatten entrollt dort, so weit das Auge reicht, seine sanften, wechselnden Biegungen. Die hellgraue Luft rührt kein Hauch. In der Ferne zwischen Himmel und Erde sieht man eine Art Spalt, der stellenweise gleichsam die Überfülle einer sonnigen Welt durchläßt. Man möchte meinen, ein Herbstnachmittag, vermutlich Anfang November. Der kleine dunkle Klumpen, der so langsam herannaht, ist schließlich doch deutlich zu erkennen. Es ist ein Planwagen, der von einem Rappen gezogen wird. Er zieht ihn mit Leichtigkeit, sozusagen im Schlenderschritt. Der Fuhrmann schreitet mit wippender Peitsche voraus. Er trägt einen weiten, schweren, hellen Mantel, der bis zu seinen Füßen herabfällt. Er ist vielleicht glücklich, denn er singt, dann und wann ein paar Takte. Von Zeit zu Zeit dreht er sich um, wahrscheinlich, um in den Wagen zu blicken. Nun kann man sein Gesicht gut sehen. Er sieht jung aus, er hebt den Kopf und lächelt.
Das wäre alles für heute, sagte Mister Gast. Machen Sie sich diese Anschauung zu eigen. Denken

Sie darüber nach, während Sie arbeiten. Sie ist die Frucht einer Ewigkeit von äußerlichen Höflichkeitsbezeigungen und innerlichem Hohngelächter. Ich schenke sie Ihnen. Wenn man nach mir fragt, ich bin aus dem Haus gegangen. Therese, du weckst mich um sechs, wie gewöhnlich. Er ging hinaus.

Es ist etwas Wahres an dem, was er sagt, sagte Georges.

Ah, die Männer, die Männer, sagte Therese, sie haben keine Ideale.

Mister Conaire kam wieder. Er war hocherfreut, so schnell damit fertig geworden zu sein.

Es war nicht leicht, sagte er, aber ich habe es geschafft. Gin!

Nicht leicht, sagte sich Georges, aber er hat es geschafft.

Wie kalt es hier ist, sagte Mister Conaire. Was trinken Sie? Nehmen Sie die Gelegenheit wahr, ich spüre den Abgrund, der mich von neuem ruft.

Georges nahm die Gelegenheit wahr.

Auf Ihre Gesundheit, Mister, sagte er.

Ja, trinken Sie nur darauf, sagte Mister Conaire, sie verdient, daß man ihr Aufmerksamkeit schenkt. Ob dieses entzückende junge Mädchen wohl die Güte haben wird, mit uns anzustoßen? sagte er.

Sie ist verheiratet, sagte Georges, und Mutter dreier Kinder.

Au weh! schrie Mister Conaire. Wie kann man so was nur sagen!
Man spendiert dir einen Sherry, sagte Georges.
Therese kam und stellte sich hinter den Tresen.
Wie so was den Leib verletzt! sagte Mister Conaire. Und die hübsche Mitte der Beine zerfetzt! Diese Schreie! Das Blut! Der Schleim! Und die Nachgeburt! Er legte die Hand vor die Augen. Die Nachgeburt! sagte er stöhnend.
Auf Ihr Spezielles, sagte Therese.
Ja, trinken Sie nur, sagte Mister Conaire, achten Sie nicht auf mich. Wie schrecklich! Wie schrecklich!
Er nahm die Hand weg und sah, daß sie ihm zulächelten, wie einem Kinde.
Entschuldigen Sie mich, sagte er. Wenn ich an Frauen denke, denke ich an Jungfrauen, ich kann nicht anders. Er fügte hinzu, Sie sind unbehaart und machen weder Pipi noch Kacka.
Das ist ganz natürlich, sagte Georges.
Ich hielt Sie für eine Jungfrau, sagte Mister Conaire. Nicht um Ihnen zu schmeicheln, sondern ganz ehrlich, ich hielt Sie für eine Jungfrau. Eine etwas kräftige, wenn Sie wollen, recht rundliche, recht mollige, mit solchen Brüsten, solchem Po und solchen Oberschenkeln –. Er unterbrach sich. Es nützt nichts, sagte er mit getrübter Stimme, mir geht heute keiner ab. Gin!
Therese ging wieder an ihre Arbeit.
Ich komme nun zum Gegenstand meines Besuches,

sagte Mister Conaire, der gar nicht niedergeschlagen zu sein schien. Kennen Sie zufällig einen namens Camier?
Nein, sagte Georges.
Er hat sich aber mit mir verabredet, hierselbst, für den frühen Nachmittag, sagte Mister Conaire. Hier ist seine Visitenkarte.
Georges las:

FRANCIS XAVIER CAMIER
Auskunftei und Detektei
Absolute Diskretion

Kenn' ich nicht, sagte er.
Ein kleiner Dicker, sagte Mister Conaire. Mit rotem Gesicht, spärlichem Haar, Multipelkinn, Spitzbauch, krummen Beinen und Schweinsäuglein.
Oben sind zwei Typen, sagte Georges, die soeben angekommen sind.
Was ist der andere für einer? sagte Mister Conaire.
Ein großer Dünner mit Bart, sagte Georges, der sich kaum aufrecht halten kann. Er sieht so böse aus wie eine Giftkröte.
Das ist er, das sind sie, schrie Mister Conaire. Los, geben Sie ihm sofort Bescheid. Sagen Sie ihm, daß Mister Conaire angekommen ist und unten auf ihn wartet.
Wie sagten Sie? sagte Georges.
Co – naire, sagte Mister Conaire. Conaire.

Sie haben nämlich gesagt, daß sie nicht gestört werden wollen, sagte Georges. Sie sind nicht sehr umgänglich, wissen Sie.
Hören Sie mal zu, sagte Mister Conaire.
Georges hörte zu.
Ich will gerne mal nachschauen, sagte er.
Ja, gehen Sie rauf, sagte Mister Conaire.
Georges ging weg und kam nach einigen Minuten wieder.
Sie schlafen, sagte er.
Sie müssen sie wecken, sagte Mister Conaire.
Die Flasche ist leer, sagte Georges, und sie liegen da wie –
Welche Flasche? sagte Mister Conaire.
Sie haben eine Flasche J. J. hinaufbringen lassen, sagte Georges.
Oh, die Schweine, sagte Mister Conaire.
Sie liegen ganz angezogen auf dem Fußboden, Seite an Seite, sagte Georges. Und Hand in Hand.
Oh, die Schweine, sagte Mister Conaire.

V

Das weite Feld lag vor ihnen. Nichts gedieh darauf, das heißt, nichts Nützliches für den Menschen. Man verstand auch nicht recht, inwiefern dieses Feld die Tiere interessieren konnte. Die Vögel mochten dort Regenwürmer finden. Es war recht unregelmäßig begrenzt und von kümmerlichen Hecken aus alten Baumstümpfen und Dornengesträuch umgeben. Vielleicht gab es da ein paar Brombeeren im Herbst. Ein blaues, saures Kraut rang um den Boden mit Disteln und Brennnesseln. Diese letzteren hätten als Viehfutter dienen können, im Notfall. Jenseits der Hecken: andere, ähnlich aussehende Felder, umgeben von anderen, ebenso ähnlich aussehenden Hecken. Wie gelangte man von einem Feld zum andern? Durch die Hecken vielleicht. Eine Ziege interessierte sich eigensinnig für die Dornen. Mit den Hinterbeinen auf dem Boden stehend und die Vorderbeine auf einen Baumstumpf stützend, suchte sie nach den zartesten Stacheln. Ungestüm wandte sie sich davon ab, machte wütend ein paar Schritte und blieb stehen. Hin und wieder sprang sie auf der Stelle keck in die Höhe. Dann steckte sie ihren Kopf von neuem in die Hecke. Würde sie es so um das ganze Feld herum machen? Oder würde sie dieses Treibens vorher überdrüssig werden?

Man würde es schließlich begreifen. Häuser würden

entstehen. Oder ein Priester würde kommen mit seinem Weihwedel, und es würde ein Friedhof werden. Wenn der Wohlstand wiederkehren würde.

Camier las in seinem Notizbuch. Er riß die gelesenen Seiten heraus, zerknüllte sie und warf sie weg. Hier ist eine davon, als Musterbeispiel:

20. 10. Joly, Lise, 14, verl. Hs. Nr. 14 um 8 wie gewöhnlich, zr. Sch. Ranzen, barhäupt., nackt. Beine, Sandalen, o. Mantel, bl. Kleid, kl., schlk, blond, hübsch, selbsts. Nicht in Schule gew. Foto jg. Datums. Eltern arm. Schl. 25, Hausse abwart.

5. 11. Hamilton, Gertrude, 68, kl., sehr dick, bl. Haar. Hinkt. Russ. Hut. Schleier. Schw. Kleid. Pailletten. Stock a. Ebenh. Blausucht. Lebt b. verh. Tocht. Überlistet Wachsamkeit Nacht v. 29. bis 30. Wahrsch. ärml. Verh. Smaragdgr. Ohrr. Foto m. 65, trunks., häuf. Verschw. Achtung! Kann nach Krise zurück. *Gr. Verm.* 100 + Unkosten.

10. 11. Gérard, Gérald, 50, Eff. Hdl., 7 Kind., gut sit. Temperamentvoll (wie sie sagt). Drückt s. seit 6 Mon. v. Erf. ehel. Pfl. Nachts immer zuhs. Morg. a. d. B. Mittagessen Club, nachm. Büro. Ißt nie z. Ab., spielt dann m. Kind, geht nie aus. Kein Sport. Liest gern! 50–75 je nachdem + Unkosten.

N. B. – 12. 11. G. G. begegn. Mit ihm geein. 80 + Tips.

Er schaut mir ohne ein Wort zu sagen zu, sagt sich Camier. Er zog aus seiner Tasche einen großen Umschlag, dem er folgende Gegenstände entnahm, die er wegwarf: mehrere Knöpfe, zwei Büschel Kopf- oder Körperhaar, ein besticktes Taschentuch, mehrere Schnürsenkel (seine Spezialität), eine Zahnbürste, ein Stück Gummi, ein Strumpfband und verschiedene Lappen. Auch den Umschlag warf er weg, als er ihn schließlich geleert hatte. Es ist so, als puhlte ich mir gründlich alles aus der Nase, sagte er sich. Getrieben von Gewissensbissen, die ihm zur Ehre gereichten, stand er auf und sammelte die zerknüllten Seiten seines Notizbuchs wieder ein, das heißt alle jene, die von der Morgenbrise nicht schon weit weggeweht oder von ihr in einer Erdfalte oder hinter einem Distelstrauch versteckt worden waren. Die so wieder eingesammelten Seiten zerriß er in kleine Stücke, die er wegwarf. Er kehrte wieder zu Mercier zurück.
So, sagte er, ich fühle mich leichter.
Ich sehe ein Loch in deiner Socke, sagte Mercier.
Ich fühle mich leichter, sagte Camier. Die Fotos behalte ich vorerst. Er betastete seine Tasche. Du sitzt doch nicht etwa im nassen Gras? sagte er.
Ich sitze auf meiner Hälfte unseres porösen Mantels, sagte Mercier. So geht es uns himmlisch.

Es ist zu früh schön, sagte Camier. Das ist ein schlechtes Zeichen.
Wie ist das Wetter eigentlich? sagte Mercier.
Schau doch selbst, sagte Camier.
Ich möchte, daß du es mir sagst, sagte Mercier. Danach werde ich dir sagen, ob ich deiner Meinung bin.
Ein fahler Fleck ohne jede Wärme ist am Himmel erschienen, sagte Camier. Das muß die Sonne sein. Man sieht sie zum Glück nur dann und wann wegen der verdreckten und zerfetzten Wolken, die von Westen nach Osten an ihrem Gesicht vorüberhetzen. Es gibt welche, die wie von Motten zerfressen aussehen. Es ist kalt, aber noch regnet es nicht.
Setz dich wieder hin, sagte Mercier. Du spürst die Kälte weniger als ich, das ist klar, aber du solltest dennoch die Böschung ausnützen. Du solltest deine Kräfte nicht allzusehr überschätzen, Camier. Ich wäre ganz beschissen dran, wenn du eine Lungenentzündung kriegtest.
Camier setzte sich wieder hin.
Näher zu mir, sagte Mercier, dann haben wir es wärmer. Noch näher. Mach es nun so wie ich, schlag den Mantelrand auf deiner Seite über deine Beine. So. Es fehlt nur noch das hartgekochte Ei und die Flasche Limonade.
Ich fühle, wie die Nässe in meine Arschspalte dringt, sagte Camier.
Solange sie nicht da herauskommt, sagte Mercier.

Ich habe nur Angst wegen meiner Zyste, sagte Camier.
Dir fehlt nun mal der Sinn für Proportionen, sagte Mercier.
Ich erkenne nicht den Zusammenhang, sagte Camier.
Eben, sagte Mercier, du erkennst nie den Zusammenhang. Wenn du Angst hast wegen deiner Zyste, denk dann an die Fistel. Und wenn du wegen deiner Fistel bange bist, mach dir dann mal Gedanken über den Schanker. Es ist eine Methode, die sich ebenfalls bei dem bewährt, was einige noch das Glück nennen. Stell dir, zum Beispiel, mal jemanden vor, der nichts zu leiden hat, weder am Körper noch an dem anderen Dingsbums. Wie wird er sich helfen? Ganz einfach. Indem er an das Nichts denkt. So lädt die Natur uns in jeder Lage zum Lächeln, wenn nicht zum Lachen ein.
Bravo, sagte Camier.
Danke, sagte Mercier. Laß uns nun die Dinge in aller Ruhe ins Auge fassen.
Nach einem kurzen Schweigen begann Camier zu lachen. Auch Mercier fand es schließlich komisch. Sie lachten also beide eine ganze Weile, wobei sie sich an den Schultern festhielten, um nicht zusammenzubrechen.
Welche von Herzen kommende Fröhlichkeit, sagte Camier endlich. Es klingt wie Worte von Vauvenargues.

Du verstehst ja wohl, was ich meine, sagte Mercier.

Wie fühlst du dich heute? sagte Camier. Ich habe dich noch nicht danach gefragt.

Ich fühle mich schwach, sagte Mercier, aber entschlossener denn je. Und du?

Im Moment geht es, sagte Camier. Daß ich mich von all diesem Schmutz befreit habe, hat mir gut getan. Ich fühle mich leichter. Er wartete gespannt. Ich sagte, daß ich mich leichter fühle, sagte er. Aber, es half nichts, dieser Satz ließ Mercier völlig kalt. Nicht daß ich unternehmungslustig wäre, nein, sagte Camier. Es wäre mir, zum Beispiel, nicht möglich, das noch einmal durchzumachen, was ich gestern durchgemacht habe.

Was haben wir eigentlich beschlossen? sagte Mercier. Ich erinnere mich noch daran, daß wir uns geeinigt haben, wie immer, aber ich weiß nicht mehr worüber. Du aber mußt es wissen, denn es ist ja doch dein Plan, den wir zur Zeit verwirklichen, nicht wahr?

Auch mir, sagte Camier, sind gewisse Einzelheiten inzwischen überhaupt nicht mehr klar, um erst gar nicht von gewissen scharfsinnigen Schlußfolgerungen zu sprechen. Ich werde dir also lieber sagen, was wir tun werden, als warum wir es tun werden. Besser noch: was wir zu tun versuchen werden.

Ich bin bereit, alles zu versuchen, sagte Mercier, wenn ich nur weiß, was.

Wir werden also ganz brav und ohne uns zu beeilen zur Stadt zurückkehren, sagte Camier, und dort bleiben, und zwar so lange wie nötig.
So lange wie nötig, um was zu tun? sagte Mercier.
Um die Dinge, die uns abhanden gekommen sind, wieder einzusammeln, sagte Camier, oder um auf sie zu verzichten.
Es muß tatsächlich eine sehr scharfsinnige Schlußfolgerung gewesen sein, sagte Mercier, da sie uns zu einer solchen Entscheidung kommen ließ.
Mir scheint, sagte Camier, obgleich ich mich nicht dafür verbürgen kann, daß der Sack der Knoten dieser ganzen Geschichte ist. Wir haben, glaube ich, beschlossen, daß sich darin ein Ding befindet (oder mehrere Dinge befinden), oder aber befand (beziehungsweise befanden), das (oder die) wir schwerlich entbehren können.
Wir haben aber doch schon alles, was er enthielt, in Betracht gezogen, sagte Mercier, und eingesehen, daß nur unnützes Zeug darinsteckte.
Ich bestreite es nicht, sagte Camier, und es ist kaum anzunehmen, daß unsere Vorstellung von unnützem Zeug sich geändert hat, seit gestern morgen. Woher rührt also unsere Verwirrung? Das ist die Frage, die wir uns haben stellen müssen.
Und wo rührt sie her? sagte Mercier.
Sie würde unserer Meinung nach, sagte Camier, wenn ich mich recht erinnere, von der Ahnung

herrühren, daß dieser Sack ein Ding (oder mehrere Dinge) enthält oder enthielt, das (oder die) für unser Heil unerläßlich ist (oder sind).
Aber wir wissen, daß es nicht wahr ist, sagte Mercier.
Die leise flehende Stimme, sagte Camier, die uns mitunter von früheren Leben erzählt, kennst du sie eigentlich?
Ich verwechsle sie immer häufiger, sagte Mercier, mit jener anderen, die mir weismachen möchte, daß ich noch nicht tot bin. Aber ich verstehe, was du meinst.
Ein ähnliches Organ, sagte Camier, würde seit vierundzwanzig Stunden immerzu flüstern, Der Sack! Euer Sack! Unsere Beratung von gestern abend, während der wir unsere Eindrücke verglichen haben, hat diesbezüglich keinerlei Zweifel bestehen lassen, wenn ich mich nicht täusche.
Ich erinnere mich an nichts Derartiges, sagte Mercier.
Wir hätten also, sagte Camier, die Notwendigkeit bejaht, unseren Sack, wenn nicht zu finden, so doch wenigstens zu suchen, und daraus ergibt sich zwangsläufig unser übriges Programm. Denn die Suche des Sacks zieht unvermeidlich die des Fahrrads und des Regenschirms nach sich.
Ich verstehe gar nicht, warum, sagte Mercier. Warum sollten wir uns nicht bloß um den Sack kümmern, ohne uns auch um das Fahrrad und den Regenschirm zu kümmern, da es um den Sack

geht, und nicht um das Fahrrad oder den Regenschirm, sondern um –?
Ich weiß schon, ich weiß schon, sagte Camier.
Also? sagte Mercier. Warum sollen wir uns nicht–?
Fang nicht wieder an! brüllte Camier.
Also? sagte Mercier.
Ich verstehe auch nicht recht, warum, sagte Camier. Ich weiß nur, daß wir gestern abend sehr gut verstanden haben, warum. Du willst doch hoffentlich nicht alles wieder in Frage stellen?
Wenn die Gründe mir nicht einleuchten, sagte Mercier, fühle ich mich nicht wohl.
Diesmal war es Camier allein, der sich nicht halten konnte. Folgen wir ihnen, Mercier und Camier, sehr aufmerksam, entfernen wir uns von ihnen nie mehr als eine Treppenhöhe oder eine Mauerdicke. Möge keinerlei Streben nach Ordnung oder Harmonie uns je von ihnen ablenken, vorerst.
Mercier lacht nicht mit Camier? sagte Camier, sobald er sprechen konnte.
Diesmal nicht, sagte Mercier.
Meiner Meinung nach haben wir folgende Schlußfolgerung ziehen müssen, sagte Camier, oder eine ähnliche. Die Dinge (und dabei nehme ich das Schlimmste an), welcher Art sie auch sein mögen und deren wir zu bedürfen glauben, um sie fortsetzen zu können, ich meine unsere Reise –.
Unsere Reise, sagte Mercier. Welche Reise?
Unsere Reise, sagte Camier, und zwar mit einem

Maximum an Aussichten auf Erfolg, diese Dinge hatten wir, und wir haben sie nicht mehr. Wir verlegen sie also in den Sack wie in die Sache, die enthält. Wenn wir es uns jedoch recht überlegen, so beweist uns nichts, daß sie sich nicht im Regenschirm befinden, oder festgebunden an irgendeinem Teil des Fahrrads, mit Bindfaden womöglich. Wir wissen nur, daß wir sie hatten und daß wir sie nicht mehr haben. Und selbst hierüber haben wir keine Gewißheit.

Wenn dies keine Prämissen sind, möchte ich wissen, was Prämissen sind, sagte Mercier.

Was soll's, sagte Camier.

Und deine leise Stimme, die ›Der Sack! Unser Sack!‹ flüstert, was machst du daraus? sagte Mercier.

Sie wird doch, lange bevor sie uns erreicht, verfälscht, sagte Camier. Sei nicht kindisch, Mercier. Denk ein wenig an die giftigen Ausdünstungen, die sie hat durchdringen müssen.

Ich hatte diese Nacht einen sonderbaren Traum, sagte Mercier. Jetzt fällt es mir wieder ein.

Es handelt sich also, sagte Camier, um Unbekannte, die nicht nur nicht notwendigerweise in dem Sack sind, sondern die womöglich keinerlei Rucksack je zu fassen vermöchte, das Fahrrad selber beispielsweise, oder den Regenschirm, oder beides. Woran werden wir die Wahrheit erkennen? An einem Gefühl plötzlich gesteigerten Wohlbefindens? Ich glaube nicht.

Ich war in einem Wald, mit meiner Großmutter, sagte Mercier. Nicht daß ich –.
Das sollte mich wundern, sagte Camier. Nein, ich sehe vielmehr eine stufenweise, allmähliche Erleichterung, die ihren Höhepunkt in vierzehn Tagen oder drei Wochen erreichen wird, wenn alles gutgeht, ohne daß wir genau wissen, welchem Umstand wir sie zuzuschreiben haben. Es wird die Freude in der Unwissenheit sein (eine oft anzutreffende Verbindung, nebenbei gesagt), die Freude, ein wesentliches Gut in Unkenntnis seiner Natur wiedergewonnen zu haben. Gewiß ist jedenfalls die Pflicht, die unsere jetzige Situation uns auferlegt, nämlich mit allen Mitteln danach zu trachten, wieder in den Besitz unserer Anfangsausrüstung zu gelangen, ehe wir unseren eigentlichen Aufschwung nehmen. Wir werden womöglich scheitern. Aber wir werden unsere Pflicht getan haben. Dies sind meiner Meinung nach ungefähr die Argumente, die wir wohl gebraucht haben. Sie sind schlagend, in der Tat.
Sie hob ihre Brüste mit den Händen an, sagte Mercier, sie hielt sie an den Zitzen zwischen Daumen und Zeigefinger. Aber nicht, daß ich –.
Camier regte sich auf, das heißt, er tat so, als regte er sich auf, denn Camier war nicht imstande, sich über Mercier wirklich aufzuregen. Merciers Mund blieb halb offen. In seinem struppigen grauen Bart glänzten Tröpfchen, die allem Anschein nach nirgendwo hergekommen waren.

Etwas oberhalb dieser Stellen fuhren die Finger über die riesige, knochige Nase mit der gespannten roten Haut, glitten verstohlen in die großen schwarzen Löcher, spreizten sich, um den Wangenfalten zu folgen, und begannen wieder von neuem. Die blaßgrauen Augen starrten wie entsetzt vor sich hin. Die breite, niedrige Stirn, die von tiefen, flügelförmigen Falten durchfurcht war, von Falten, die, mehr als durch die Überlegung, durch jenes chronische Erstaunen verursacht worden waren, das die Brauen zuerst erhebt und erst dann die Augen aufsperrt, die Stirn war trotz alledem das am wenigsten Groteske dieses Kopfes. Sie wurde überragt von einer unwahrscheinlich verfilzten Masse schmutzigen Haars, bei dem alle Farbtöne vertreten waren, von Aschblond bis Weiß. Was die Ohren betrifft, so reden wir lieber nicht darüber.

Mercier wehrte sich nur schwach.

Du willst, daß ich dir etwas explitziere, sagte Camier. Ich tue es. Du hörst mir nicht zu.

Der Traum hatte mich eben wieder überwältigt, sagte Mercier.

Ja, sagte Camier, anstatt mir zuzuhören, denkst du nur daran, mir deinen Traum zu erzählen. Dabei weißt du doch genau, was wir diesbezüglich beschlossen haben: keine Erzählungen von Träumen, unter keinerlei Vorwand. Eine ähnliche Abmachung verbietet uns auch den Gebrauch von Zitaten.

Lo bello stilo che m' ha fatto onore, sagte Mercier, ist das ein Zitat?
Lo bello was? sagte Camier.
Lo bello stilo che m' ha fatto onore, sagte Mercier.
Wie soll ich das wissen? sagte Camier. Es klingt mir ganz danach. Warum?
Es sind Worte, die mir seit gestern im Kopf herumschwirren, sagte Mercier, und mir auf der Zunge brennen.
Es ist zum Kotzen mit dir, Mercier, sagte Camier. Wir treffen gewisse Vorsichtsmaßregeln, damit es uns möglichst gut, möglichst wenig schlecht geht, und es ist genauso, als ob wir blindlings und tollkühn drauflosgingen. Er stand auf. Fühlst du dich stark genug, um dich von der Stelle zu bewegen? sagte er.
Nein, sagte Mercier.
Das hab' ich mir gedacht, sagte Camier. Ich geh' und hol' dir was zu essen.
Geh, sagte Mercier.
Die kurzen, kräftigen, krummen Beine trugen ihn rasch zum Dorf. Die Schultern tanzten, die Arme schwangen vor seiner Brust hin und her, alles Theater. Mercier, der im Schutz der Böschung geblieben war, wußte wieder einmal nicht, welcher der beiden gewohnten Neigungen er nachgeben sollte. Da ja beide doch aufs gleiche hinausliefen. Schließlich sagte er sich, Ich bin Mercier, allein, krank, in der Kälte, in der Nässe, alt, halb

verrückt, verstrickt in eine ausweglose Geschichte. Er betrachtete einen Augenblick schwermütig den scheußlichen Himmel und die greuliche Erde. In deinem Alter, sagte er sich. Und so weiter. Auch Theater. Also nicht so wichtig.

Ich wollte gerade weggehen, sagte Mister Conaire, da mir nichts anderes übrigblieb.

George, sagte Camier, ich möchte fünf Butterbrote, und zwar vier in einem Papier und eins separat. Sie sehen, sagte er, sich liebenswürdig Mister Conaire zuwendend, ich denke an alles. Denn das eine, das ich hier esse, wird mir die nötige Kraft dazu verleihen, daß ich mein Ziel mit den vier anderen erreiche.

Eine Milchmädchenrechnung, sagte Mister Conaire. Sie gehen mit Ihren fünf Butterbroten in einem Papier los. Sie spüren plötzlich einen Schwächeanfall, Sie öffnen das Paket, Sie entnehmen ihm ein Butterbrot, Sie essen es, Sie kommen wieder zu Kräften, und Sie gehen mit den anderen vieren wieder weiter.

Hierauf werde ich Ihnen, sagte Camier, indem ich Sie bitte, sich um Ihre eigenen Angelegenheiten zu kümmern, lediglich entgegnen, daß ich erwäge, einen Schoppen zu trinken, was man nicht auf nüchternen Magen zu tun pflegt. Ich sage nicht, daß ich einen trinken werde, ich sage nur, daß ich vielleicht einen trinken werde. Ich bin also genötigt, sofort ein Butterbrot zu essen. Er biß hinein. Möchten Sie auch eins? sagte er.

Sie verwöhnen ihn, sagte Mister Conaire. Gestern Kuchen, heute Butterbrote, morgen harte Krusten und Donnerstag Steine.

Senf her, sagte Camier.

Bevor Sie mich gestern wegen Ihrer Sache, bei der es um Leben und Tod ging, verließen, sagte Mister Conaire, hatten Sie ein Treffen mit mir vereinbart, und zwar hier, für den Nachmittag. Ich treffe, fragen Sie George, in welchem Zustand, pünktlich, wie ich es gewöhnt bin, hier ein. Ich warte. Sie werden mir sagen, daß ich auch daran gewöhnt sei. Das ist möglich. Allmählich befallen mich Zweifel. Sollte ich mich im Ort geirrt haben? Oder im Tag? Ich mache dem Kellner gegenüber keinen Hehl aus alledem. Ich erfahre, daß Sie irgendwo in den oberen Stockwerken sind, mit Ihrem Gefährten, und zwar seit geraumer Zeit, beide in tiefer, liederlicher Betäubung. Ich verlange, daß man Sie weckt, wobei ich auf die Dringlichkeit meiner Angelegenheit poche. Aber nein. Sie dürfen nicht gestört werden, unter keinen Umständen. Sie locken mich in dieses Haus, angeblich um hier in aller Ruhe plaudern zu können, und kaum treffe ich ein, da ergreifen Sie Maßnahmen, um zu verhindern, daß ich Sie sehe. Man gibt mir Ratschläge. Warten Sie, die beiden werden sicher bald herunterkommen! Ich Schwächling warte. Kommen Sie herunter? Ach was! Ich mache einen neuen Vorstoß. Wecken Sie ihn, sagen Sie ihm, daß Mister Conaire unten ist.

Scheren Sie sich zum Teufel! Die Wünsche des Gastes sind heilig, das hält man mir entgegen. Ich drohe, man lacht mir ins Gesicht. Ich will mich über sie hinwegsetzen. Gewaltsam. Man versperrt mir den Weg. Listig, indem ich einen Moment der Unaufmerksamkeit ausnütze, um heimlich die Treppe hinaufzusteigen. Man erwischt mich. Ich flehe, man verulkt mich. Man bringt mich dazu, daß ich trinke, zum Abendessen bleibe und die Nacht dort verbringe. Ich würde Sie morgen sehen. Man würde mir Bescheid sagen, sobald Sie herunterkämen. Die Schenke füllt sich. Hilfsarbeiter und ein paar Reisende. Ich werde in den Wirbel hineingerissen. Ich erwache auf einem Kanapee. Es ist sieben Uhr. Sie sind weggegangen. Warum hat man mir nicht Bescheid gesagt? Man habe es nicht gewußt. Wie spät sind sie weggegangen? Man weiß es nicht. Werden sie wiederkommen? Man weiß es nicht.

Camier hob einen imaginären Schoppen, was man an seinen gekrümmten Fingern erkannte. Den echten leerte er langsam in einem Zuge. Er zahlte, nahm sein Paket und ging zur Tür. An der Tür blieb er stehen.

Mister Conaire, sagte er, ich bitte Sie um Entschuldigung. Gestern habe ich viel an Sie gedacht, eine Zeitlang. Dann habe ich nicht mehr an Sie gedacht, überhaupt nicht mehr, nicht einmal kurze Zeit. Es war, als ob Sie nie existiert hätten, Mister Conaire. Nein, ich irre mich, es war, als ob Sie aufgehört hätten zu existieren. Nein, das stimmt nicht, es war, als ob Sie ohne mein Wissen existierten. Was ich Ihnen hier sage, Mister Conaire, sollten Sie mir nicht übelnehmen. Es geschieht nicht, um Sie zu kränken, Mister Conaire. Ich hatte nämlich begriffen, oder vielmehr beschlossen, daß meine Arbeit zu Ende war, ich meine die Arbeit, die man für die meine hält, und daß es Unrecht von mir war, anzunehmen, daß Sie sich uns anschließen könnten, sei es auch nur für einen Tag oder zwei. Ich bitte Sie nochmals um Entschuldigung, Mister Conaire, und ich sagte Ihnen adieu.

Und meine Hündin? schrie Mister Conaire.

Sie kennen sie ja, sagte Camier. Sie fehlt Ihnen. Sie würden es sich viel, jedenfalls was man viel nennt, kosten lassen, um sie wiederzubekommen. Werden Sie sich Ihres Glücks bewußt! Er trat hinaus.

Mister Conaire wäre ihm beinahe gefolgt. Aber er hielt schon seit einiger Zeit an sich, und im Grunde war er froh, daß die Unterredung ein Ende gefunden hatte. Als er aus dem Hof zurückkam, warf er einen Blick auf die Straße. Dann kehrte er wieder in die Schenke zurück, wo sich eine so große Traurigkeit seiner bemächtigte, daß er sich wieder dem Gin hingab.

Meine Hündin, seufzte er.

Nur Mut, nur Mut, sagte George, man wird Ihnen eine andere besorgen.

Marquise! seufzte Mister Conaire. Sie lächelte. Wieder einer erledigt, wenn nicht noch ein Unglück passiert.

Man sah Mister Gast nicht, und zwar aus gutem Grund, denn er suchte Schneeglöckchen für Patrice, in einem Wäldchen. So hat das Unglück auch sein Gutes.

Auch Therese sah man nicht, und ohne Bedauern sah man sie nicht.

Was die anderen betrifft, Geduld!

Mercier wollte nichts essen. Camier nötigte ihn jedoch dazu.

Du bist grün im Gesicht, sagte Camier.

Ich glaube, daß ich mich übergeben muß, sagte Mercier.

Er irrte sich nicht. Camier hielt ihn fest.

Es wird dir guttun, sagte Camier.

Nach und nach fühlte Mercier sich tatsächlich besser, das heißt, besser als vor dem Übergeben.

Ich habe seit deinem Fortgehen soviel gegrübelt, sagte Mercier. Ich fragte mich, ob du für immer gegangen wärst.

Ohne den Wettermantel mitzunehmen? sagte Camier.

Es gibt Gründe genug, um mich zu verlassen, ich weiß, sagte Mercier. Er dachte eine Weile nach. Man muß Camier heißen, um Mercier nicht zu verlassen, sagte er.

Kannst du laufen? sagte Camier.

Ich werde laufen, hab' keine Angst, sagte Mercier. Er stand auf und ging ein paar Schritte. Sieh, wie ich laufe, sagte er.
Sollen wir den Wettermantel wegwerfen? sagte Camier. Wozu dient er uns?
Er verzögert die Wirkung des Regens, sagte Mercier.
Er ist ein Leichentuch, sagte Camier.
Wir wollen nichts übertreiben, sagte Mercier.
Soll ich dir rundheraus sagen, was ich davon halte? sagte Camier. Wer ihn anhat, ist körperlich und seelisch ebenso behindert wie jemand, der ihn nicht anhat.
An dem, was du sagst, ist etwas Wahres dran, sagte Mercier.
Sie betrachteten den Wettermantel. Er lag ausgebreitet unten an der Böschung. Er sah abgeschunden aus. Fetzen karierten Futters in reizvoll verblichenen Tönen hafteten an den Schultern. Ein helleres Gelb deutete die Stellen an, wo die Nässe noch nicht durchgedrungen war.
Soll ich ihn apostrophieren? sagte Mercier.
Wir haben Zeit, sagte Camier.
Mercier dachte nach.
Adieu, alter Gabardine, sagte er.
Da das Schweigen andauerte, sagte Camier, Ist das deine Apostrophe?
Ja, sagte Mercier.
Laß uns gehen, sagte Camier.
Wir werfen ihn also nicht weg? sagte Mercier.

Wir lassen ihn da liegen, sagte Camier. Es lohnt die Mühe nicht, sich müde zu machen.
Ich hätte ihn gern fortgeworfen, sagte Mercier.
Lassen wir ihn da liegen, sagte Camier. Die Spuren unserer Körper werden nach und nach verschwinden. Unter Einwirkung der Sonne wird er sich zusammenrollen wie ein welkes Blatt.
Sollen wir ihn nicht begraben? sagte Mercier.
Das wäre Gefühlsduselei, sagte Camier.
Damit ihn kein anderer nehmen kann, sagte Mercier, irgend so ein Lumpenhund.
Kann es uns nicht egal sein? sagte Camier.
Freilich, sagte Mercier, aber es ist uns nicht ganz egal.
Ich geh' jetzt, sagte Camier.
Er ging fort. Mercier holte ihn bald ein.
Du kannst dich auf mich stützen, sagte Camier.
Später, später, sagte Mercier in gereiztem Ton.
Warum schaust du dich bloß dauernd um? sagte Camier.
Er hat sich bewegt, sagte Mercier.
Wer? sagte Camier. Ach so, ich weiß, er winkt mit dem Taschentuch.
Haben wir wenigstens nichts in den Taschen gelassen? sagte Mercier.
Geknipste Fahrkarten aller Art, sagte Camier, halb abgebrannte Streichhölzer, Fetzen von Zeitungsrändern mit verwischten Spuren unwiderruflicher Verabredungen, das klassische letzte Zehntel eines stumpfen Bleistifts, ein paar Blät-

ter schmierigen Arschpapiers, ein paar Pariser zweifelhafter Undurchlässigkeit, und schließlich Staub. Kurz: ein ganzes Leben.

Nichts, was wir brauchen könnten? sagte Mercier.

Wenn ich dir sage: ein ganzes Leben, sagte Camier.

Sie gingen eine Zeitlang, ohne etwas zu sagen, wie es bisweilen vorkam.

Wir werden zehn Tage dafür brauchen, wenn es sein muß, sagte Camier.

Lassen wir uns nicht befördern? sagte Mercier.

Was wir suchen, befindet sich nicht notwendigerweise am anderen Ende der Insel, sagte Camier.

Unsere Losung sei also –.

Was wir suchen, sagte Mercier.

Wir reisen, soviel ich weiß, nicht zu unserem Vergnügen, sagte Camier. Wir sind blöd, aber so blöd sind wir nun doch wieder nicht. Er beobachtete Mercier mit fragendem Blick. Man könnte glauben, daß du erstickst, sagte er. Wenn du etwas zu sagen hast, so sag es.

Ich wollte tatsächlich etwas sagen, sagte Mercier. Aber nach reiflicher Überlegung behalte ich es für mich.

Hoffentlich nicht im Magen? sagte Camier.

Weiter so, sagte Mercier.

Wo war ich stehengeblieben? sagte Camier.

Unsere Losung sei also, sagte Mercier.

Ach ja, sagte Camier. Unsere Losung sei also Gemächlichkeit und Umsicht mit ungestümen Abstechern nach rechts und nach links und plötzlichen Rückzügen gemäß den unerforschlichen Antrieben der Intuition. Wir wollen uns auch nicht scheuen, tagelang, ja sogar wochenlang irgendwo zu verweilen. Wir haben das ganze Leben vor uns, jedenfalls den ganzen Rest.

Wie ist das Wetter jetzt? sagte Mercier.

Für wen hältst du mich? sagte Camier. Für Manto?

Ich bin ganz mit meinen Gleichgewichten beschäftigt, sagte Mercier.

Es ist das gleiche Wetter wie immer, sagte Camier, mit dem kleinen Unterschied, daß man sich allmählich daran gewöhnt.

Mir war, als fühlte ich Tropfen auf meinem Gesicht, sagte Mercier.

Nur Mut, sagte Camier, bald kommt die Station der Verdammten. Ich seh' schon den Turm.

Gut, gut, sagte Mercier. Wir werden uns ausruhen können.

VI
Zusammenfassung der beiden vorhergehenden Kapitel

IV

Die Eisenbahn.
Zugabe Madden, 1.
Der Bummelzug.
Zugabe Madden, Ende.
Das Dorf.
Das Wirtshaus.
Mister Gast.
Das Vieh auf den Straßen.
Die Bauersleute.
Merciers Traum.
Die gefährdete Reise.
Camiers Gelassenheit.
Patrice' Krankheit.
Mercier und Camier gehen hinauf.
Mister Graves.
Aufbruch der Bauersleute.
Patrice' Tod.
Seine vorletzten Worte.
Zugabe Conaire, 1.
Mister Gast spricht über den Gast.
Mister Gasts Vision.
Zugabe Conaire, 2.
Mercier und Camier schlafen.

V

Der nächste Morgen.
Das Feld.
Die Ziege.
Die Morgendämmerung.
Merciers und Camiers Lachen.
Die Betrachtung (mit Camiers alleinigem Lachen und Merciers Gesicht).
Merciers Traum.
Camiers Fortgehen.
Mercier allein.
Das Wirtshaus.
Zugabe Conaire, Ende.
Die Schneeglöckchen.
Mercier ißt.
Mercier übergibt sich.
Der Wettermantel.
Sie gehen.
Der Turm der Verdammten.

VII

Kurzum, eines Tages war es wieder die Stadt, zuerst die Vororte und dann das Zentrum. Sie hatten das Zeitgefühl verloren, aber das Aussehen der Straßen, das Aussehen der Leute und die Geräusche, welche die Luft erfüllten, alles verriet ihnen den Wochenendfrieden. Die Nacht brach herein. Sie liefen ein wenig im Zentrum herum, da sie nicht wußten, wohin. Auf Vorschlag von Mercier (der wohl gerade an der Reihe war, den Anführer zu spielen) gingen sie schließlich zu Helene. Sie lag im Bett, etwas unpäßlich. Sie stand jedoch auf und ließ sie, nicht ohne vorher Wer da? durch die Tür hindurchgerufen zu haben, herein. Sie unterrichteten sie über ihre Mißgeschicke und ihre Lichtblicke. Sie erzählten ihr die Geschichte vom Stier, der sie fortgejagt hatte. Sie ging hinaus und kam mit dem Regenschirm wieder. Camier handhabte ihn eine ganze Weile. Das geht doch sehr gut, sagte er, sehr, sehr gut. Ich habe ihn repariert, sagte Helene. Man möchte sogar meinen, daß es jetzt besser geht als vorher, sagte Camier. Es ist möglich, sagte Helene. Er läßt sich ganz leicht aufspannen, sagte Camier, und wenn ich, zack!, auf die Sperre drücke, klappt er von selber zusammen. Ich spanne auf, ich klappe zu, rauf und runter, rauf und runter, zack! schwupp! zack! –. Schluß jetzt, sagte cier, du wirst ihn uns wieder kaputtmachen. Ich bin etwas unpäßlich, sagte Helene. Das ist ja vielversprechend, sagte Camier. Aber der Sack war nicht da. Ich vermisse den Papagei. Ich habe ihn aufs Land gegeben, sagte Helene. Die Nacht verging friedlich für sie, ohne jede Liederlichkeit. Am folgenden Tag blieben sie im Hause. Da die Zeit ihnen zu langsam zu vergehen schien, betasteten sie sich ein wenig, jedoch ohne sich anzustrengen. An einem guten Feuer, im Zwielicht der Lampe und des bleigrauen Tages, wanden sie sich behaglich auf dem Teppich mit verflochtenen nackten Leibern, wobei sie einander sehnsüchtig berührten, mit Blumenbinderinnengesten, während der Regen an die Fensterscheiben prasselte. Wie gut das tun mußte! Gegen Abend ließ Helene ein paar leckere Flaschen heraufbringen, und sie schlummerten hochbefriedigt ein. Weniger zähe Leute hätten der Verlockung nachgeben können, es dabei bewenden zu lassen. Aber am folgenden Nachmittag sah man sie wieder auf der Straße, ganz gespannt auf das Ziel, das sie sich gesteckt hatten. Sie hatten nur wenige Stunden eines düsteren Tages vor sich, bis zur Nacht, bis zur Vor-Nacht. Es war also Eile geboten. Und doch würde die Finsternis, die dank den Gaslaternen keine totale werden würde, ihnen auf ihrer Suche eigentlich nicht zum Hemmnis werden können. Im Gegenteil, sie könnte ihnen nur eine wertvolle Hilfe sein. Denn in das Viertel, in das sie sich zu begeben dachten und dessen engeren Umkreis sie kaum kannten, würden sie sich leichter nachts als tagsüber begeben, da es bei dem einzigen Mal, als sie sich dorthin begeben hatten, nicht Tag war, sondern Nacht, oder beinahe. Sie betraten also eine Kneipe, denn in den Kneipen erwarten Leute vom Schlage Merciers und Camiers die Nacht mit einem Minimum an Unannehmlichkeiten. Sie hatten dafür übrigens einen weniger triftigen Grund, nämlich das Interesse, das sie auch in intellektueller Hinsicht hatten, sich möglichst mit der gleichen Atmosphäre zu umgeben, die auch ihre ersten Schritte so ungewiß gemacht hatte. Eben darum bemühten sie sich nun, unverzüglich. Es steht zuviel auf dem Spiel, sagte Camier, als daß man die elementarsten Vorsichtsmaßregeln außer acht lassen könnte. So schlugen sie zwei Fliegen mit einer einzigen Klappe, ja sogar drei. Denn sie nutzten den Aufschub, um über dies und das zu plaudern, mit großem Nutzen für sie. Denn in den Kneipen sprechen Leute wie Mercier und Camier mit der größten Freimütigkeit über diesen Himmelskörper, und mit dem größten Nutzen. Bald war das Dickicht ihrer Ideen in immer hellerem Licht zu sehen, das besonders die folgenden Gedanken hervorhob:

1. Geldmangel ist ein Nachteil. Er kann jedoch zu einem Vorteil werden.

2. Was verloren ist, ist verloren.

3. Das Fahrrad ist ein hohes Gut. Aber bei falschem Gebrauch wird es gefährlich.

4. Ganz auf dem trocknen zu sitzen, das gibt zu denken.

5. Es gibt zwei Bedürfnisse: das Bedürfnis, das man hat, und das Bedürfnis, es zu haben.

6. Das Vorgefühl ist die Ursache mancher Torheit.

7. Verloren ist nie, was man sich von der Seele spie.

8. Das Gefühl, daß aus den Taschen Tag für Tag die allerletzten Mittel schwinden, kann die am festesten Entschlossenen weich werden lassen.

9. Die Entwicklung der männlichen Hose steckt in einer Sackgasse, besonders die des Hosenschlitzes, der an den Schritt verlegt werden müßte, in Form einer Klappe, durch die, unabhängig von jedem schmutzigen Miktionsproblem, die Säcke ins Freie gelangen könnten und doch neugierigen Blicken verborgen bleiben würden. Die Unterhose wäre freilich in der gleichen Weise zu verbessern.

10. Entgegen einer weitverbreiteten Meinung gibt es Orte in der Natur, wo Gott abwesend zu sein scheint.

11. Was würden wir ohne die Frauen anfangen? Wir würden uns auf etwas anderes verlegen.

12. Seele aus fünf Buchstaben und höchstens zwei Silben.

13. Was kann man über das Leben sagen, was

nicht schon gesagt worden ist? Allerlei. Daß es mit seinem Arsch arg schlecht zielt, zum Beispiel.
Sie verloren wegen solcher Kleinigkeit das Ziel, das sie sich gesteckt hatten, nicht aus den Augen. Es schien ihnen nur in dem Maße, wie die Zeit fortschritt, immer offensichtlicher ein Ziel zu sein, das ruhig und kaltblütig zu verfolgen war. Und da sie noch ruhig genug waren, um zu wissen, daß sie es nicht mehr waren, konnten sie den glücklichen Entschluß fassen, jede Tätigkeit bis zum nächsten Tag und, notfalls, bis zum übernächsten Tag zu verschieben. Sie kehrten also in sehr guter Laune zu Helenes Wohnung zurück und schliefen ohne die geringsten Förmlichkeiten ein. Und sogar am nächsten Tag ließen sie sich nicht auf die niedlichen, zeitvertreibenden Regenvormittagsspielchen ein, so sehr sehnten sie sich danach, frisch und munter für die kommenden Prüfungen zu bleiben. Es schlug Mittag, als sie das Wohnhaus verließen. Sie blieben unter der Toreinfahrt stehen.
Oh, der hübsche Regenbogen, sagte Camier.
Der Regenschirm, sagte Mercier.
Sie schauten einander an. Camier trat wieder ins Treppenhaus. Als er mit dem Regenschirm zurückkam, sagte Mercier:
Du bist lang geblieben.
Oh, weißt du, sagte Camier, man tut, was man kann. Muß er aufgespannt werden?
Mercier betrachtete lange den Himmel.

Was hältst du davon? sagte er.
Camier trat auf den Bürgersteig hinaus und unterwarf den Himmel einer strengen Überprüfung, indem er sich nacheinander nach Norden, nach Osten, nach Süden und nach Westen wandte.
Na und? sagte Mercier.
Warte doch, sagte Camier. Er wagte sich bis zur Mitte der Fahrbahn vor, um die Gefahren einer Fehleinschätzung zu verringern. Schließlich trat er wieder unter den Torbogen.
An unserer Stelle, sagte er, würde ich ihn nicht aufspannen.
Darf man auch wissen, aus welchem Grund? sagte Mercier. Es regnet doch, wie mir scheint. Du bist jedenfalls ganz naß.
Bist du etwa dafür, ihn aufzuspannen? sagte Camier.
Das sage ich nicht, sagte Mercier. Ich frage mich nur, wann wir ihn aufspannen, wenn wir ihn jetzt nicht aufspannen.
Es war, genau besehen, eher ein Sonnen- als ein Regenschirm. Im entspannten Zustand betrug die Distanz von der Spitze bis zu den Stangenenden kaum ein Viertel der Gesamtlänge. Der Schaft endete in einer mit Troddeln versehenen Bernsteinkugel. Der Stoff war rot, oder war es gewesen, und war es sogar stellenweise immer noch. Fransenreste zierten noch seinen äußersten Rand und hatten unregelmäßige Abstände voneinander.
Schau ihn dir gut an, sagte Camier. Da, nimm ihn.

So nimm ihn doch, er wird dich nicht beißen.
Zurück! schrie Mercier.
Wo kommt er her? sagte Camier.
Ich habe ihn bei Khan gekauft, sagte Mercier, weil ich wußte, daß wir nur einen Mantel für uns beide hatten. Er hat dafür einen Shilling von mir verlangt, ich habe ihn für neun Pence gekriegt. Mir war, als wolle er mich umarmen.
Er muß wohl gegen 1900 zuerst in Erscheinung getreten sein, sagte Camier. Es war, glaube ich, das Jahr von Ladysmith, am Klip. Erinnerst du dich noch daran? Ein herrliches Wetter. Alle Tage Gartenfeste. Das Leben lag strahlend vor uns. Alle Hoffnungen waren erlaubt. Wir spielten die Belagerten. Links und rechts starben sie wie die Fliegen. Vor Hunger. Vor Durst. Peng! Peng! Die letzten Kartuschen. Ergebt euch! Niemals! Man aß die Leichen. Man soff seine eigene Pisse. Peng! Peng! Noch zwei, die irgendwo herumgelegen hatten. Was war das? Ein Ruf vom Wachtturm. Staubwolke am Horizont! Es ist die Kolonne! Wir haben schwarze Zungen. Trotzdem, Hurra! Ra! Ra! Man möchte meinen: Raben. Ein Quartiermeister stirbt vor Freude. Wir sind gerettet. Das Jahrhundert zählte gerade zwei Monde.
Schau es dir jetzt mal an, sagte Mercier.
Wie fühlst du dich? sagte Camier. Ich vergesse immer, es dich zu fragen.
Ich fühlte mich gut, als ich die Treppe hinunterging, sagte Mercier. Nun geht es weniger gut. Ich

bin in Form, wenn du willst, aber nicht in Hochform. Und du?
Ein Korken, sagte Camier, inmitten des tosenden Ozeans.
Das ist der richtige Moment, um zuzuschlagen, sagte Mercier.
Was diesen tragbaren Unterstand betrifft, sagte Camier, so glaube ich, daß wir gut daran täten, ihn für besonders heiße Tage aufzubewahren. Aus unbarmherzig blauem Himmel sendet die Sonne ihre glühenden Strahlen hinab. Wir haben keinen einzigen Hut.
Wir können ihn ebensogut sofort wegwerfen, sagte Mercier.
Meinetwegen, sagte Camier.
Wir werden im Schatten der Eiben liegen, sagte Mercier, vom Morgen bis zum Abend.
Welcher Eiben? sagte Camier.
Ganz gleich welcher, sagte Mercier.
Und wenn es da keine Eiben gibt? sagte Camier.
Wir werden schon welche finden, sagte Mercier.
Es gibt ganze Provinzen in diesem unglückseligen Land, sagte Camier, wo, um von Eiben erst gar nicht zu reden, keinerlei Baum, welcher Art er auch immer sein sollte, emporsprießt und wo der kühnste Strauch nicht über einen Meter hinauswächst.
Wir werden sie während der Hundstage meiden, sagte Mercier.
Du bist um eine Antwort nie verlegen, sagte Camier.

Das sind keine Antworten, sagte Mercier.
Werfen wir ihn also weg? sagte Camier.
Wir zögern, sagte Mercier.
Wir zögern, ihn wegzuwerfen, sagte Camier. Unsere Gründe?
Ich sehe ihrer zwei, sagte Mercier. Sind sie jedoch triftig? Das eben gilt es zu entscheiden.
Ich werde es uns sagen, sagte Camier, sobald ich sie kenne.
Wenn er auch ein Sonnenschirm zu sein scheint, sagte Mercier, so kann er uns doch vor dem Regen schützen, eine Zeitlang. Ich meine, daß wir womöglich weniger naß mit ihm als ohne ihn werden, eine Zeitlang.
Und der andere? sagte Camier.
Der andere was? sagte Mercier.
Der andere Grund, sagte Camier.
Nun ja, sagte Mercier. Der ist vielleicht etwas schwerer zu begreifen.
Wir werden ihn begreifen, sagte Camier.
Kann man es wagen, kaltblütig etwas wegzuwerfen, sagte Mercier, das sich anschließend gerade als das erweist, dessen wir am dringendsten bedürfen, dessen Verlust uns, während wir in vollem Schwung waren, anhalten ließ und uns nötigte, wieder umzukehren, mit eingezogenem Schwanz?
Wir werden ihn nie wegwerfen, sagte Camier.
Sag das nicht, sagte Mercier. Aber es wird vielleicht an der Zeit sein, ihn wegzuwerfen, wenn

er uns nicht mehr als Schutz dienen kann, weil er abgenutzt ist, oder wenn wir die Gewißheit erlangt haben, daß es zwischen ihm und unserer jetzigen Notlage nie den geringsten Zusammenhang gegeben hat.
Sehr gut, sagte Camier. Aber es genügt nicht, zu wissen, daß wir ihn nicht wegwerfen, wir müssen auch wissen, ob er aufgespannt werden soll.
Schließlich werfen wir ihn auch deshalb nicht weg, um ihn aufspannen zu können, sagte Mercier.
Ich weiß, ich weiß, sagte Camier. Soll er aber jetzt schon aufgespannt werden, oder sollen wir warten, bis das Wetter sein wahres Wesen zeigt?
Mercier blickte forschend zum undurchdringlichen Himmel.
Schau mal nach, sagte er. Sag mir, was du davon hältst.
Camier trat auf die Straße hinaus. Er machte sogar einen Vorstoß bis zur Ecke, so daß Mercier ihn aus den Augen verlor. Nach seiner Rückkehr sagte er, Vielleicht gibt es Risse in der Wolkendecke weiter unten. Möchtest du, daß ich aufs Dach hinaufsteige?
Mercier besann sich. Schließlich sagte er ungestüm, Spannen wir ihn auf, und gnade uns Gott.
Aber Camier konnte ihn nicht aufspannen.
Gib her, sagte Mercier.
Aber Mercier hatte auch keine glücklichere Hand. Er schwang ihn hin und her. Er beherrschte sich jedoch rechtzeitig. Sprichwort.

Was haben wir Gott getan? sagte er.
Wir haben ihn verleugnet, sagte Camier.
Du kannst mir nicht weismachen, daß er dermaßen nachtragend ist, sagte Mercier.
Ich werde ihn Helene zeigen, sagte Camier. Sie wird uns das im Nu in Ordnung bringen. Er nahm den Regenschirm und verschwand im Treppenhaus. Als er wiederkam, sagte Mercier,
So was nennst du im Nu?
Es dauert immer etwas länger beim zweiten Mal, sagte Camier.
Der Regenschirm? sagte Mercier.
Sie braucht eine halbe Stunde dazu, sagte Camier, und wir haben keine Zeit zu verlieren.
Das nötigt uns wiederzukommen, sagte Mercier.
Wir müssen doch auf jeden Fall –, sagte Camier.
Auf jeden Fall? Keineswegs! sagte Mercier. Ich will, daß wir vor Einbruch der Nacht wissen, woran wir sind, und daß wir weggehen.
Wohin? sagte Camier.
Weit weg von hier, sagte Mercier.
Na und? sagte Camier.
Eins von beiden, sagte Mercier.
Leider! sagte Camier.
Entweder warten wir hier, bis er fertig ist, sagte Mercier, oder –
Ich habe ihr aber gesagt, daß es keine Eile hat, sagte Camier, daß sie bis morgen früh Zeit hat, um es zu machen.
Oder einer von uns bleibt hier, sagte Mercier, bis

der Regenschirm fertig ist, derweil der andere sich um den Sack und das Fahrrad kümmert. So kommen wir schneller weiter. Und wir treffen uns dann irgendwo um eine noch zu bestimmende Zeit.

Sie nennen ihn immer noch den Regenschirm, wie komisch!

Sie kann es aber nicht sofort tun, sagte Camier.

Jetzt weiß ich, was wir tun werden, sagte Mercier, der unbestreitbar in bester Stimmung war. Du wirst Helene erklären, wie die Dinge liegen. Du wirst sie darum bitten, den Regenschirm sofort wiederherzustellen. Sie wird ja oder nein zu dir sagen, nicht wahr?

Sie wird nein sagen, sagte Camier.

Wenn sie nein sagt, sagte Mercier, nimmst du den Regenschirm, so wie er ist, und gehst hinunter. Ich werde hier sein, und wir werden zusammen aufbrechen. Wenn sie dir jedoch ja sagt, wartest du, bis die Arbeit fertig ist, und du triffst mich an der Stelle und zu der Stunde, die ich dir angeben werde, oder die du mir angeben wirst, darauf kommt es nicht an.

Und wenn du bliebst, sagte Camier, und wenn ich wegginge? Ich bin daran gewöhnt, Nachforschungen anzustellen.

Was du sagst, ist vernünftig, sagte Mercier. Aber tu mir den Gefallen. Es tut gut, wenn man sich von Zeit zu Zeit von seiner Rolle losreißt.

Also wo und wann? sagte Camier.

Wie jämmerlich das alles ist.
Sobald Mercier allein war, ging er los. Sein Weg kreuzte in einem bestimmten Augenblick den eines kauzig und elend aussehenden Greises, der unterm Arm ein zusammenklappbares Brettchen trug. Mercier schien es, als habe er ihn schon irgendwo gesehen, und während er seinen Weg fortsetzte, fragte er sich, wo das wohl gewesen sein mochte. Auch der Greis, dem ausnahmsweise das Vorübergehen Merciers aufgefallen war, bewahrte den Eindruck eines grotesken Schon-mal-Dagewesenen, und er beschäftigte sich eine Zeitlang mit der Suche nach den Begleitumständen. So dachten sie vergeblich aneinander, indes der Abstand sich mit langsamen Schritten vergrößerte. Aber Leute wie Mercier hält die kleinste Kleinigkeit auf, ein Gemurmel, das sich erhebt, das anschwillt und zerfällt, eine Stimme, die sagt, daß es sonderbar ist, der Herbst des Tages, ganz gleich in welcher Jahreszeit. Es gibt einen Wiederanfang, aber es scheint nicht von Herzen zu kommen, und wie sollte es auch? Das spürt man besonders in der Stadt, aber auch auf dem Lande spürt man es, da, wo es Kühe und Vögel gibt. Durch unermeßliche leere Weiten streifen die Bauern schwerfällig, man fragt sich, wie sie nur heimkehren können, vor Einbruch der Nacht, auf den Hof, den man nicht sieht, in das Dorf, das man nicht sieht. Es ist nicht mehr genug Zeit, und es gibt, weiß Gott, doch genug davon. Sogar die Blumen haben etwas In-

sich-Gekehrtes, und eine Art Aufregung ergreift die Flügel. Immer wieder stürzt sich der Sperber zu früh herab, die Raben verlassen das Brachland mitten am Tag und eilen zum Sammelplatz, wo sie dann nur noch krächzen und zanken bis in die Nacht. Dann werden sie von Abflugsgelüsten erregt, aber es ist zu spät. In der Tat ist der Tag lange bevor er endet zu Ende, und die Menschen fallen lange vor der Ruhestunde vor Müdigkeit um. Aber pst!, die letzten Stunden des Tages sind voller Fieber, man rennt nach rechts und nach links, und nichts geschieht. Die Stunde der Gefahr läßt man vergehen, weil keine Gefahr besteht, und danach ist man wehrlos. Die Leute auf der Straße gehen umgeben von fortschreitenden Katastrophen. Zu kurz, als daß es die Mühe lohnte zu beginnen, und zu lang, um nicht trotzdem anzufangen, das ist ihre Zeit, der De-la-Balue-Käfig der Stunden. Fragen Sie einen Passanten nach der Uhrzeit, er wird Ihnen irgend etwas, nach freiem Ermessen, über seine Schulter hinweg sagen, während er weitergeht. Aber Sie können beruhigt sein, er hat sich kaum geirrt, er, der alle Viertelstunden auf seine Uhr schaut, der sie nach den öffentlichen astronomischen Uhren stellt, der genau rechnet, der sich fragt, wie er es machen soll, um alles zu tun, was er zu tun hat, vor dem Ende des endlosen Tages. Oder er vermittelt durch eine wütende, überdrüssige Gebärde den sonderbaren Eindruck, der ihn bedrückt, nämlich, daß es die

Zeit ist, die es immer war und immer sein wird, die Zeit, die mit den Schönheiten des Zuspäten die Reize des Verfrühten vereint, die Stunde des Niemals!, dem das Mehr eines noch gräßlicheren Raben fehlt. Es ist übrigens den ganzen Tag so, seit dem ersten Tick bis zum letzten Tack, oder, sagen wir, seit dem dritten bis zum vorvorletzten, denn es braucht immerhin Zeit, das thorakale Tamtam, um uns in den Traum zurückzurufen, und es braucht ebenfalls Zeit, um uns aus ihm zu vertreiben. Aber die anderen hört man, jedes Hirsekörnchen hört man, man dreht sich um, und man sieht sich, jedesmal etwas näher, das ganze Leben etwas näher. Die Freude salzlöffelweise, wie Wasser für Verdurstende, und eine nette kleine Agonie in homöopathischen Dosen, was braucht man mehr? Ein Herz an Stelle des Herzens? Man erzähle das anderen! Wenn man hingegen einen Passanten darum bittet, einem den Weg zu zeigen, so nimmt er einen an der Hand und führt einen über tausend reizvolle Umwege an Ort und Stelle. Es ist ein großes graues Gebäude, es ist nicht fertig, es wird nie fertig werden, es hat zwei Tore, eines für diejenigen, die hineingehen, das andere für diejenigen, die hinausgehen, und an den Fenstern sieht man schauende Gesichter. Man hätte eben nichts fragen sollen.

Merciers Hand ließ die Gitterstange los, an die ihn diese mutig ertragenen Verweise gebannt hatten, diese Vorhaltungen aus Zeiten, die längst vorbei sind, wie man sagt. Ja, er hatte sie mutig ertragen, denn er wußte, daß sie schließlich enden würden, bei einem langsamen Fall ins Geflüster und dann ins Schweigen, in das Schweigen, das auch ein Geflüster ist, nur unartikuliert. Das Tor schließt sich, oder die Falltür, im Verlies ist es immer wieder das gleiche Gerede, aber im eigentlichen Gefängnis ist die Ruhe wiedergekehrt. Doch bald wurde sein Weg von dem eines zerlumpten Greises mit struppigem Haar gekreuzt, der neben einem Esel einherging. Der Esel, der ohne Zaumzeug war, folgte mit wackeligen, aber wackeren Schrittchen dem Rand des Bürgersteigs und wich davon nur ab, um einen Bogen um parkende Wagen oder im Rinnstein hockende, mit Klickern spielende Bengel zu machen. Der Esel trug zwei Körbe, von denen einer voll Muscheln und der andere voll Sand war. Der Mann ging auf der Straße einher, zwischen der grauen runden Flanke und den feindseligen Wagen. Beide, der Esel und der Mann, hoben den Blick nur dann und wann, um eine Gefahr zu ermessen. Mercier sagte sich, Nicht die äußere Welt wird diese Harmonie je gefährden. Er hört nicht auf, uns zu enttäuschen, dieser Mercier. Er hatte seine Kraft vielleicht überschätzt, als er Camier in einer so düsteren Stunde verließ. Sicherlich erforderte es Kraft, um bei Camier zu bleiben, so wie es Kraft erforderte, um bei Mercier zu bleiben, aber doch weniger, als die Selbstgesprächsschlacht erforderte. Er ist jedoch wieder aufgebrochen, die Stimmen sind verstummt, der Esel und der Greis hätten ihn beinahe umgeworfen, aber er hat sich wieder gefaßt, der wohltuende Nebel, der das Beste ist, was er hat, hat sich wieder in seinen verborgenen Tiefen ausgebreitet, er kann noch weit gehen. Er kommt beinahe unsichtbar voran, fast das Gitter streifend, im Schatten von wer weiß welchen angeblich grünen Bäumen, von Stechpalmen womöglich, die von Regen triefen, wenn man ein kaum fahleres Tageslicht als das der nahen Torfgruben Schatten nennen kann. Der Kragen seiner Jacke ist hochgeschlagen, seine rechte Hand steckt in seinem linken Ärmel und die linke im rechten, sie baumeln überm Bauch als typische Gebärde eines Alten, und manchmal sieht er verschwommen, wie durch Algengeschlinge hindurch, einen Fuß, der über eine Fliese schleift. Schwere Ketten an niedrigen Eisenpfosten schmükken, girlandenartig durchhängend, den Bürgersteig an der Fahrbahnseite. Wenn man sie anstößt, schaukeln sie lange, ruhig oder mit Schlangenwindungen, die allmählich verschwinden. Mercier spielte häufig hier, als er klein war. Wenn er am Bürgersteig entlanglief, setzte er die Ketten nacheinander mit einem Stock in Bewegung. Am Ende angelangt, drehte er sich um und betrachtete sie. Der Bürgersteig erbebte, von einem Ende zum andern, unter den harten Schlägen, die lange brauchten, um sich zu beruhigen.

VIII

Camiers Platz war nahe an der Tür. Das Tischchen vor ihm war rot und mit einer dicken Glasplatte bedeckt. Zu seiner Linken sprachen Unbekannte über Unbekannte, und zu seiner Rechten redete man leise über die Aufmerksamkeit, welche die Jesuiten dem Gemeinwohl zollen. Man erwähnte in diesem Zusammenhang, oder in einem anderen ähnlichen, einen in einer kirchlichen Zeitschrift erschienenen Artikel über die künstliche Befruchtung. Die Schlußfolgerung dieses Artikels schien zu sein, daß immer dann gesündigt werde, wenn das Sperma nicht ehelichen Ursprungs sei. Diesbezüglich kam es zu einer Diskussion. Mehrere Stimmen beteiligten sich daran.

Reden Sie über etwas anderes, sagte Camier, wenn Sie nicht wollen, daß ich dem Erzbischof alles erzähle. Sie verwirren mich.

Er konnte kaum erkennen, was sich vor ihm abspielte, so undeutlich und verräuchert war alles. Aus dem Dunst stachen nur manchmal mittels Pfeifen verstärkte effekthaschende Armbewegungen hervor, hier und da ein spitzer Hut und Teile unterer Gliedmaßen, besonders Füße, deren gespannte und gequälte Haltungen jeden Moment wechselten, als hätte die Seele da ihren Sitz. Aber hinter ihm war die dicke, gute Wand, ganz einfach und glatt, er fühlte sie an seinem Rücken, er rieb sich seinen Hinterkopf daran. Wenn Mercier kommt, sagte er sich, denn er wird kommen, ich kenne ihn, wohin wird er sich dann setzen? Hierhin, an diesen Tisch? Dieses Problem nahm ihn eine Weile ganz in Anspruch. Er entschied sich schließlich für das Nein, daß es nicht sein dürfe, daß er, Camier, es nicht ertragen würde, er wußte nicht, warum. Was würde dann geschehen? Um sich eine bessere Vorstellung von dem machen zu können, was dann geschehen würde, da ja Mercier sich nicht zu ihm in seiner Ecke gesellen durfte, nahm Camier die Hände aus den Taschen, legte sie zu einem einladenden kleinen, sanften Haufen vor sich und schmiegte sein Gesicht zuerst behutsam und dann mit seinem ganzen Schädelgewicht da hinein. Und bald darauf sah Camier sich selber, Mercier sehend, ehe Mercier ihn sähe, sich selber, aufstehend und zur Tür gehend. Da bist du endlich, ruft er, ich glaubte schon, du hättest mich im Stich gelassen, und er schleppt ihn zum Tresen oder in den hinteren Saal, oder sie gehen zusammen hinaus, obgleich das kaum anzunehmen ist, denn Mercier ist müde, er möchte sich hinsetzen, sich erfrischen, ehe er weitergeht, und er hat Dinge zu erzählen, die schwerlich länger verschwiegen werden können, und auch Camier hat Dinge zu erzählen, ja, sie haben einander wichtige Dinge zu erzählen, und sie sind müde, und außerdem haben sie sich schon lange nicht mehr gesehen, und das alles muß sich beruhigen und klären, und sie müssen endlich wissen, woran sie sich halten können, und ob die Zukunft gut oder schlecht oder nur irgendwie zu werden verspricht, wie es so oft der Fall ist, und ob es für sie von Vorteil sein wird, eher die eine als die andere Richtung einzuschlagen, kurzum, woran sie sind, ehe sie sich in einem Anfall lächelnder Luzidität auf eines der zahlreichen Ziele stürzen können, die ein nachsichtiges Urteil alle gleich erstrebenswert erscheinen läßt, oder aber sie müssen, im Gegenteil, lächelnd (wenn es ihnen beliebt) diesem Schwung den Prozeß machen, indem sie von weitem, denn sie sind weit davon entfernt, die Ziele bewundern, ein Ziel nach dem anderen. Dann nämlich ahnt man, was man hätte sein können, wenn man nicht hätte sein müssen, was man ist, und es ist einem nicht alle Tage vergönnt, ein Haar von solcher Qualität zu spalten. Denn von dem Augenblick an, in dem man lebt, aus der Traum! Nachdem er auf diese Weise Ordnung in die unmittelbar bevorstehende Zukunft gebracht hatte, hob Camier den Kopf und erblickte vor sich jemanden, den er erst nach einer Weile wiedererkannte, so sehr war es Mercier, woraus sich ein Gespinst von Überlegungen ergab, das sich erst am übernächsten Tag wieder beruhigen sollte. Und was für eine Beruhigung das schließlich war, dank der süßen Schlußfolgerung, daß die Sache, die er so sehr befürchtet hatte, ja, die ihm sogar unerträglich vorgekommen war, nicht etwa das Gefühl war, seinen Freund an seiner Seite zu haben, sondern vielmehr ihn die Tür aufstoßen und den Rest der großen Strecke zurücklegen zu sehen, die beide seit dem Morgen voneinander trennte. Merciers Hereinkommen hatte eine gewisse Unruhe im Lokal verursacht, eine plötzliche peinliche Verstimmung. Und dabei waren es zum größten Teil Dockarbeiter und Matrosen, zusammen mit einigen Zollbeamten, also Leute, die sich im allgemeinen über ungewöhnliche Äußerlichkeiten nicht leicht aufregen. Trotzdem kam es zu einer Art Verebben der Stimmen, die Gesten blieben in der Schwebe, die Schoppen zitterten am Rande der Lippen, die Gesichter wandten sich alle in dieselbe Richtung. Wenn es einen Beobachter gegeben hätte, den es jedoch nicht gab, so hätte er vielleicht an eine Hammel- oder Büffelherde gedacht, die durch eine geheimnisvolle Gefahr aufgeschreckt wurde. Mit ihren erstarrten Körpern und den gespannten, verstörten Gesichtern, die von der Bedrohung magnetisch angezogen werden, sind sie einen Moment noch unbeweglicher als die Natur, die sie gefangenhält. Dann folgt die verzweifelte Flucht oder der Angriff gegen den Eindringling (wenn er schwach ist), oder die Fortsetzung der unterbrochenen Beschäftigung, des Weidens, des Widerkäuens, des Liebens, des Herumspringens. Oder dieser Beobachter hätte an jene ambulanten Kranken gedacht, deren Vorbeigehen die Unterhaltungen verstummen, einen den

Körper vergessen läßt und die Seele mit Furcht, Mitleid, Zorn, Lachen und Ekel erfüllt. Ja, wenn man die Natur verhöhnt, muß man höllisch achtgeben, falls man nicht das Halali hören oder die Hilfe irgendeiner abstoßenden Hand erdulden will. Einen Moment schien es Camier, daß die Dinge eine schlimme Wendung nehmen würden, und unterm Tisch spannten sich seine Kniesehnen. Aber allmählich erhob sich ein ungeheurer Seufzer, der ausgestoßene Atem schwoll und schwoll, wie eine Welle, die an den Strand rollt und deren Groll schließlich zerschellt und zerspritzt, unterm Gelächter der Kinder.

Was ist denn mit dir passiert? sagte Camier.

Mercier hob den Kopf, ohne jedoch Camier oder gar die Wand anzuschauen. Was mochte er wohl mit solcher Eindringlichkeit betrachten? Das muß man sich fragen.

Was machst du für ein Gesicht, sagte Camier. Man möchte meinen, du kämst aus dem Reich der Höllen. Was sagst du da? Merciers Lippen hatten sich in der Tat bewegt. Man kann auch einen Bart tragen, sagte Camier, ohne immer nur was hineinzubrummeln.

Ich kenne nur eine, sagte Mercier.

Hat man dich nicht geschlagen? sagte Camier.

Es fiel auf sie der Schatten eines riesigen Mannes. Seine Schürze bedeckte nur die Hälfte der Oberschenkel. Camier blickte ihn an, er blickte Mercier an, und Mercier begann, Camier anzublicken. So wurden, ohne daß die Blicke sich kreuzten, vielfältige Bilder erzeugt, da ein jeder sich seiner selbst in drei verschiedenen und simultanen Versionen erfreute und gleichzeitig, wenn auch undeutlicher, der drei Versionen seiner selbst, deren sich die beiden anderen erfreuten, was insgesamt neun schwerlich zu vereinbarende Bilder ergab, ohne überhaupt von den zahlreichen verschwommenen Reizen zu sprechen, die sich an den Blickfeldrändern herumdrängelten. Das Ganze war eine eigentlich recht ermüdende, aber aufschlußreiche, sehr aufschlußreiche Mischung. Fügen Sie dem die vielen Blicke hinzu, deren Gegenstand die drei inmitten eines neuen Schweigens waren, und Sie werden eine schwache Vorstellung dessen gewinnen, dem man sich aussetzt, wenn man den Neunmalklugen spielen will, ich meine, wenn man das leere, dunkle, geschlossene Gebiet verläßt, wo alle paar Lebensalter mal, eine Sekunde lang, der ferne Schimmer erglimmt, der harmlose Wahnsinn, sich sein, sich gewesen sein zu fühlen.

Was soll ich Ihnen bringen? sagte der Kellner.

Wenn wir Sie brauchen, werden wir Sie rufen, sagte Camier.

Was soll ich Ihnen bringen? sagte der Kellner.

Das gleiche, sagte Mercier.

Sie haben noch nichts getrunken, sagte der Kellner.

Das gleiche wie dieser Herr, sagte Mercier.

Der Kellner betrachtete Camiers Glas. Es war leer.

Ich weiß nicht mehr, was ich Ihnen gebracht habe, sagte er.
Ich auch nicht, sagte Camier.
Was mich betrifft, sagte Mercier, so habe ich es nie gewußt.
Denken Sie mal scharf nach, sagte Camier.
Sie schüchtern uns ein, sagte Mercier. Bravo.
Wir geben eine Welle an, sagte Camier, und machen derweil unter uns. Los, lieber Freund, holen Sie schnell Sägemehl.
Und so weiter. Jeder sagte Dinge, die er nicht hätte sagen dürfen, bis sich eine Art Übereinkommen ergab, das durch wiederholtes gequältes Lächeln und ein paar säuerliche Liebenswürdigkeiten besiegelt wurde. Und wieder Stimmengewirr.
Nun wir! sagte Camier.
Mercier erhob sein Glas.
Das meinte ich nicht, sagte Camier.
Mercier stellte sein Glas wieder hin.
Aber warum eigentlich nicht? sagte Camier.
Sie erhoben also ihre Gläser und tranken, einer auf die Gesundheit des anderen, wobei jeder im gleichen, oder beinahe gleichen Moment, Auf dein Wohl! sagte. Camier fügte hinzu, Und auf den Erfolg unserer ... Aber diesen Wunsch konnte er nicht ganz aussprechen. Hilf mir, sagte er.
Ich kenne weder das Wort, sagte Mercier, noch den Satz, der geeignet wäre, auszudrücken, was wir tun zu wollen im Begriff zu sein glauben.
Deine Hand, sagte Camier, deine beiden Hände.

Wozu? sagte Mercier.

Damit meine sie drücken können, sagte Camier.

Die Hände suchten sich unter dem Tisch, zwischen den Beinen, fanden sich und drückten einander, eine kleine zwischen zwei großen und eine große zwischen zwei kleinen.

Ja, sagte Mercier.

Wieso ja? sagte Camier.

Wie bitte? sagte Mercier.

Du hast ja gesagt, sagte Camier. Was gutheißt du?

Was gutheißt du? sagte Mercier. Du spinnst wohl, Camier.

Du hast ja gesagt, sagte Camier. Würdest du mir bitte sagen, in welchem Zusammenhang?

Ich soll ja gesagt haben? sagte Mercier. Unmöglich. Das letzte Mal, daß ich diesen Ausdruck gebraucht habe, war am Tage meiner Hochzeit. Mit Toffana. Der Mutter meiner Kinder. *Meiner* Kinder. Meiner unveräußerlichen Kinder. Du kennst Toffana nicht. Sie lebt noch. Ein Trichter. Man glaubte, ein Schlammloch zu vögeln. Wenn ich bedenke, daß ich wegen dieses Hektoliters Dreck auf meinen liebsten Traum verzichtet habe. Er schwieg, selbstgefällig. Aber Camier hatte keine Lust zu spielen. So daß Mercier sagen mußte, Du wagst nicht, mich zu fragen, auf welchen? Nun ja, ich werde ihn dir also anvertrauen. Den Traum, mich dem Zirkus meiner Spezies zu entziehen.

Was mich betrifft, so hätte ich gerne ein dunkelhäutiges Kind geliebt, sagte Camier.
Seitdem gebrauche ich den anderen Ausdruck, sagte Mercier. Man tut, was man kann, aber man kann nichts. Man dreht und windet sich, und der Abend findet einen an der gleichen Stelle wie der Morgen. Aber! Das ist mir eine Vokabel, die es in sich hat, wenn ich mich nicht täusche. Alles ist *vox inanis* außer, an gewissen Tagen, gewisse Bindewörter, das wäre Merciers Beitrag zum Universalienstreit. Du bist puterrot Camier, eines schönen Tages wirst du platzen.
Wo sind unsere Sachen? sagte Camier.
Wo ist unser Regenschirm? sagte Mercier.
Als ich Helene helfen wollte, sagte Camier, war ich etwas ungeschickt.
Kein Wort mehr, sagte Mercier.
Ich habe ihn ins Wasser geworfen, sagte Camier.
Komm mit, nach draußen, sagte Mercier.
Um wohin zu gehen? sagte Camier.
Schräg geradeaus, sagte Mercier.
Und unsere Sachen? sagte Camier.
Reden wir nicht mehr darüber, sagte Mercier.
Du bringst mich noch zur Weißglut, sagte Camier.
Willst du Einzelheiten wissen? sagte Mercier.
Camier antwortete nichts. Ihm fehlen die Worte, sagte sich Mercier.
Erinnerst du dich noch an unser Fahrrad? sagte Mercier.

Ja, sagte Camier.
Lauter, sagte Mercier, ich verstehe nichts.
Ich erinnere mich noch an unser Fahrrad, sagte Camier.
Von dem Fahrrad, sagte Mercier, ist, fest mit dem Gitter verkettet, noch übrig, was normalerweise nach mehr als acht Tagen ununterbrochenen Regens von einem Fahrrad übrig sein kann, von dem man die beiden Räder, den Sattel, die Klingel und den Gepäckträger abmontiert hat. Und den Rückstrahler, fügte er hinzu, ich hätte es beinahe vergessen. Was habe ich nur für einen Kopf.
Und die Luftpumpe natürlich, sagte Camier.
Ob du es glaubst oder nicht, sagte Mercier, ist mir egal, aber man hat uns unsere Luftpumpe gelassen.
Und dabei war sie noch gut, sagte Camier. Wo ist sie?
Ich dachte mir, daß man sie vielleicht nur vergessen hatte, sagte Mercier. Also habe ich sie dagelassen. Ich glaubte, gut daran zu tun. Was sollten wir nun damit aufpumpen? Ich habe sie sogar andersherum wieder eingehakt. Ich weiß nicht warum.
Hält sie andersherum genausogut? sagte Camier.
Oh, ganz genausogut, sagte Mercier.
Sie gingen hinaus. Es war windig.
Regnet es immer noch? sagte Mercier.
Im Moment nicht, wie mir scheint, sagte Camier.
Die Luft ist jedoch feucht, sagte Mercier.

Wenn wir einander nichts zu sagen haben, sagte Camier, laß uns dann einander nichts sagen.

Wir haben einander etwas zu sagen, sagte Mercier.

Warum sagen wir es dann nicht einander? sagte Camier.

Weil wir nicht wissen wie, sagte Mercier.

Also laß uns schweigen, sagte Camier.

Aber wir versuchen es, sagte Mercier.

Wir sind anstandslos und unversehrt hinausgelangt, sagte Camier.

Siehst du wohl, sagte Mercier. Weiter!

Wir kommen nur mit Ach und Krach ...

Mit Ach und Krach! rief Mercier.

Mit Müh und Not ... mit Müh und Not voran, durch düstere Straßen, die recht verlassen aussehen, wohl wegen der vorgerückten Stunde und des unbeständigen Wetters, und wir wissen nicht, wer führt und wer folgt.

Am Kaminfeuer, in wohliger Wärme, schlummert man ein, sagte Mercier. Das Buch fällt aus den Händen und der Kopf auf die Brust. Die Flammen sinken zusammen, die Glut verglimmt, der Traum quillt und rinnt zu seinem Weideplatz. Aber der Aufpasser gibt acht, man erwacht und legt sich schlafen, Gott dankend für den sauer verdienten Zustand, der solche Freuden beschert, unter so vielen anderen, einen solchen Frieden, während Wind und Regen die Fensterscheiben peitschen und das Denken als reiner Geist inmitten der Obdachlosen, der Unbeholfenen, der Verdammten, der Schwachen und der Benachteiligten herumirrt.

Weiß man überhaupt, was der andere gemacht hat, sagte Camier, in der Zwischenzeit?

Wie bitte? sagte Mercier.

Camier wiederholte seine Bemerkung.

Selbst wenn man beieinander ist, sagte Mercier, wie wir es nun sind, während wir Arm in Arm und Hand in Hand im Gleichschritt gehen, geschehen jeden Augenblick mehr Dinge, als ein dikkes Buch, zwei dicke Bücher, deines und meines, enthalten könnten. Eben diesem Übermaß verdankt man vielleicht das wohltuende Gefühl, daß nichts, nichts zu machen, nichts zu sagen ist. Denn der Mensch wird es schließlich müde, seinen Durst am Feuerwehrschlauch stillen zu wollen und zu sehen, wie die wenigen Kerzen, die er noch hat, nacheinander unterm Sauerstoffbrenner zerschmelzen. Also ergibt er sich ein für allemal dem Dürsten und der Finsternis. Das ist weniger aufreibend. Aber verzeih mir, es gibt Tage, an denen Wasser und Feuer meine Gedanken durchdringen, und folglich auch meine Äußerungen, in dem Maße, wie es einen Zusammenhang zwischen diesen beiden gibt.

Ich möchte dir ein paar einfache Fragen stellen, sagte Camier.

Einfache Fragen? sagte Mercier. Aus deinem Munde, Camier?

Die Form der Fragen wird die allereinfachste sein, sagte Camier. Du brauchst sie nur zu beantworten, ohne darüber nachzudenken.
Wenn mir etwas zuwider ist, sagte Mercier, dann ist es das Sprechen während des Gehens.
Unsere Lage ist hoffnungslos, sagte Camier.
Ach was, du Naseweis, sagte Mercier. Glaubst du, daß es wegen des Windes nicht mehr regnet, wenn es nicht mehr regnet?
Davon habe ich keine Ahnung, sagte Camier.
Es ist eine Abwechslung für uns, sagte Mercier, das steht fest. Es scheint jedoch immer stärker zu wehen, und das paßt mir nicht. Wir werden uns bald nur noch schreiend unterhalten können.
Nur zwei kleine, harmlose Fragen, sagte Camier. Danach kannst du deine Rhapsodie fortsetzen.
Hör mal, sagte Mercier. Ich kenne keine Antworten mehr, laß dir das gleich gesagt sein. Ich habe welche gekannt, früher, und was für welche, sie waren meine einzigen Begleiter. Ich erfand sogar darauf abgestimmte Fragesätze. Aber seit langem schon habe ich dieses ganze Gezücht wieder in die Freiheit entlassen.
Es handelt sich nicht um solche, sagte Camier.
Um welche denn? sagte Mercier. Das wird ja interessant.
Du wirst schon sehen, sagte Camier. Zunächst einmal, was gibt es Neues über den Sack?
Ich verstehe nichts, sagte Mercier.
Der Sack, rief Camier. Wo ist der Sack?

Laß uns hier durchgehen, sagte Mercier. Hier wird es weniger wehen.
Sie bogen in eine schmale Straße mit hohen alten Häusern ein.
Ich bin ganz Ohr, sagte Mercier.
Wo ist der Sack? sagte Camier.
Wie kommst du nur darauf, wieder darauf zurückzukommen, sagte Mercier.
Du hast mir noch nichts gesagt, sagte Camier.
Mercier blieb stehen, was Camier nötigte, ebenfalls stehenzubleiben. Wenn Mercier nicht stehengeblieben wäre, wäre Camier auch nicht stehengeblieben. Aber da Mercier stehengeblieben war, mußte auch Camier stehenbleiben.
Ich habe dir nichts gesagt? sagte Mercier.
Absolut nichts, sagte Camier.
Was ist dazu zu sagen, sagte Mercier, wenn ich dir wirklich nichts gesagt habe?
Nun ja, ob du ihn gefunden hast, wie es sich abgespielt hat, und so weiter, sagte Camier.
Mercier sagte, Machen wir uns wieder auf unsere – Ratlos zeigte er mit seiner freien Hand fahrig auf seine Beine und auf die seines Freundes.
Ich verstehe, sagte Camier.
Sie setzten sie also fort, diese unbeschreibliche Sache, die etwas mit ihren Beinen zu tun hatte.
Was sagtest du? sagte Mercier.
Der Sack, sagte Camier.
Habe ich ihn etwa? sagte Mercier.
Es sieht nicht so aus, sagte Camier.

Also? sagte Mercier.
Das ist kümmerlich, sagte Camier.
Wem sagst du das, sagte Mercier.
Es hat sich soviel abspielen können, sagte Camier. Du hast ihn womöglich gesucht, aber vergeblich, ihn vielleicht gefunden und wieder verloren oder sogar weggeworfen und dir gesagt, Es ist nicht der Mühe wert, daß ich mich darum kümmere, oder, Genug für heute abend, morgen sehen wir weiter, was weiß ich?
Ich habe ihn vergeblich gesucht, sagte Mercier, gewissenhaft, geduldig, mit Ausdauer und ohne Erfolg.
Er übertrieb.
Frage ich dich etwa danach, wie du eigentlich den Regenschirm kaputtgemacht hast? sagte Mercier. Oder welche Ängste du ausgestanden hast, bevor du ihn wegwarfst? Ich jedenfalls habe zahlreiche Stellen abgesucht, ich habe viele Personen ausgefragt, und ich habe dabei nicht nur die Unsichtbarkeit der Dinge berücksichtigt, sondern auch die durch die Zeit bedingten Verwandlungen, sowie der Leute und auch meinen Hang zum Märchen, zur Lüge und zur Lust, jemandem entgegenzukommen oder jemanden zu kränken, und ich hätte ebenso gut, ganz genauso gut daran getan, wenn ich mich ruhig verhalten hätte, irgendwo, denn der Ort ist unwichtig, und wenn ich weiter gegen das endlose Herannahen, die schlurfenden Pantoffeln und die rasselnden Schlüssel nach einer bes-

seren Abhilfe gesucht hätte, als es die Schreie, die Sprünge, die Atemlosigkeit und die Beschwichtigungen sind.
Welch ein Klarblick, sagte Camier.
Mercier fuhr fort:
Warum sind wir so stur, Camier, warum sind wir beide eigentlich so unbeirrbar, hast du dir diese Frage je gestellt, du, der sich so viele Fragen stellt? Werden wir das wenige von uns, das uns bleibt, an die Scherereien der Fluchten und die Träume von der Freilassung verschwenden? Ahnst du nicht, ebenso wie ich, die Möglichkeit, dich mit dieser sinnlosen Strafe abzufinden und gelassen auf den Scharfrichter zu warten wie auf die Bestätigung eines Sachverhalts?
Nein, sagte Camier.
Es ist mir im Konzert oft passiert, sagte Mercier, daß ich das Verklingen der Musik bedauerte, denn sie gefiel mir wohl, und daß ich mich andererseits ohne weiteres dem Schlaf überließ, weil ich so müde war.
Sie blieben plötzlich am Rande einer lichten Weite stehen, eines Platzes vielleicht, voller Tumult, hin- und herschaukelnder Lichter und sich windender Schatten.
Laß uns umkehren, sagte Mercier. Diese Straße hat ihre Reize. Sie riecht nach Bordell.
Sie nahmen sich die Straße in der entgegengesetzten Richtung vor. Das veränderte sie, trotz der Dunkelheit. Aber die beiden veränderte es kaum.

Ich sehe ferne Gegenden –, sagte Mercier.
Moment mal, sagte Camier.
Was für ein Giftnickel, sagte Mercier.
Wohin gehen wir? sagte Camier.
Werde ich dich nie abhängen? sagte Mercier.
Du weißt nicht, wohin wir gehen? sagte Camier.
Was macht das schon für uns, sagte Mercier, wohin wir gehen? Wir gehen, das genügt.
Schrei nicht, sagte Camier.
Wir gehen da hindurch, wo sich einem am wenigsten die Haare sträuben, sagte Mercier. Wir nützen die Tatsache, daß auf gewissen Wegen weniger Scheißdreck herumliegt, dazu aus, uns dort durchzumogeln, unversehens, unerkannt, spurlos. Wir geraten zufällig in eine großartige schmale Straße, wir brauchen da nur auf- und abzugehen, bis sie ihr wahres Gesicht zeigt, und du willst wissen, wohin wir gehen. Warum bist du so dickfellig heute abend, Camier?
Ich fasse zusammen, sagte Camier. Wir haben beschlossen, aufs Geradewohl diese ...
Aufs Geratewohl, sagte Mercier.
Aufs Geradewohl, sagte Camier, diese Stadt zu verlassen. Wir haben sie also verlassen. Es war nicht leicht. Dieser Ruhm wird ebensolange dauern wie wir, was auch geschehen mag. Aber kaum hatten wir sie verlassen, da waren wir auch schon genötigt, unverzüglich zu ihr zurückzukehren. Sozusagen um gewisse Dinge von uns, die dort geblieben waren, wiederzuerlangen. Was man auch

immer über diesen Beweggrund sagen mag, ihm allein haben wir uns gefügt, murrend zwar, aber mutig, und kein anderer außer diesem ist angeführt worden, um unsere plötzliche Kehrtwendung zu rechtfertigen. Wir waren uns einig, daß wir die Stadt wieder verlassen würden, sobald es uns möglich wäre, das heißt, sobald wir die Gesamtheit oder einen Teil unserer Sachen wiedererlangt oder aber auf ihre Wiedererlangung verzichtet hätten. Wir brauchen also nur noch unseren Weg aus der Stadt zu wählen, das heißt zu nennen. Hast du eine Vorliebe? Welche Art der Fortbewegung hältst du für die geeignetste? Möchtest du, daß wir sofort gehen, oder wartest du lieber bis zum Morgengrauen? Ich will, daß wir vor der Dunkelheit wissen, woran wir sind, und daß wir weggehen, so hast du selber gesagt. Und wenn wir die Nacht hier verbringen müssen, wo sollen wir sie dann verbringen? Oder sollten wir jetzt schon neuen Kräften ausgeliefert sein, die sich vorerst noch kaum bemerkbar machen, sich jedoch unerbittlich der Fortsetzung unseres Programms widersetzen und eine Neuorientierung erfordern? Eben das gebe ich dir zu bedenken. Wenn du aus dem einen oder anderen Grund nicht darüber nachdenken oder nicht darauf antworten kannst, denk dann nicht darüber nach oder antworte nicht darauf, nichts verpflichtet dich dazu. Ich werde dann für uns darüber nachdenken und darauf antworten.

Sie machten wieder gemeinsam kehrt.
Wir reden zuviel, sagte Mercier. Noch nie hab' ich soviel Unsinn gesagt und gehört wie, seitdem ich dir folge.
Ich folge *dir*!
Keine Spitzfindigkeiten, sagte Mercier.
Vielleicht ist der Tag nicht mehr fern, sagte Camier, an dem wir einander nichts mehr werden sagen können. Das sollten wir bedenken, bevor wir uns Zwang antun. Denn an jenem Tage wirst du dich vergeblich mir zuwenden, ich werde nicht da sein, sondern anderswo, in dem gleichen oder einem ähnlichen Zustand.
Worauf willst du hinaus? sagte Mercier.
So daß ich mich oft, recht oft frage, sagte Camier, ob wir nicht besser daran täten, einander unverzüglich zu verlassen.
Deine Gefühlsduselei kommt bei mir nicht an, sagte Mercier.
Gerade heute, zum Beispiel, sagte Camier, wäre ich um ein Haar nicht am Treffpunkt eingetroffen.
Wie komisch, sagte Mercier, ich habe einen ähnlichen Engel zu Boden ringen müssen.
Einer von uns wird sich schließlich kleinkriegen lassen, sagte Camier.
Freilich, sagte Mercier, wir brauchen nicht beide zugleich zu unterliegen.
Das wäre nicht unbedingt ein böswilliges Verlassen, sagte Camier.

Weit davon entfernt, sagte Mercier, weit davon entfernt.
Ich meine, ein Fallenlassen, sagte Camier.
So habe ich es auch aufgefaßt, sagte Mercier.
Aber es ist immerhin möglich, sagte Camier.
Was ist möglich? sagte Mercier.
Daß es eins sein wird, sagte Camier.
Freilich, sagte Mercier, ganz allein weiterzumachen, ob es sich um den, der preisgibt, handelt, oder um den Preisgegebenen ... Du gestattest, daß ich meinen Gedanken nicht zu Ende führe?
Sie gingen schweigend ein paar Schritte. Dann lachte Camier laut los.
Du bist mir ein Angstarsch, sagte er, jedes Kind würde dich auf den Arm nehmen.
Mercier gab eine Art Gezirpe von sich.
Ein toller Witz, sagte er. Du glaubtest mich bange zu machen und machtest selbst in die Bux.
Mir war tatsächlich ziemlich heiß, sagte Camier.
Und mir war auch nicht wohl dabei zumute, sagte Mercier.
Spaß beiseite, sagte Camier, aber dies verdient, daß wir es ein wenig beriechen.
Wir werden uns beraten, sagte Mercier, wir werden uns einen Gesamtüberblick verschaffen.
Bevor wir uns weiter voranwagen, sagte Camier.
Eben, sagte Mercier.
Um das zu tun, müssen wir im Vollbesitz aller unserer zahlreichen Fähigkeiten sein, sagte Camier.
Das wäre besser, sagte Mercier.

Ich frage mich, ob wir es sind? sagte Camier.
Ob wir was sind? sagte Mercier.
Im Vollbesitz unserer Fähigkeiten, sagte Camier.
Hoffentlich nicht, sagte Mercier.
Was wir brauchen ist Schlaf, sagte Camier.
Eben, sagte Mercier.
Wenn wir zu Helene gingen? sagte Camier.
Mir liegt nichts daran, sagte Mercier.
Mir auch nicht, sagte Camier.
Es muß hier irgendwo Puffs geben, sagte Mercier.
Alles ist düster. Kein einziges Licht. Keinerlei Straßennummer.
Fragen wir diesen wackeren Schutzmann, sagte Mercier.
Sie gingen auf den Schutzmann zu.
Verzeihung, sagte Mercier, kennen Sie vielleicht zufällig hier in der Gegend ein Haus, wie soll ich sagen, ein Freudenhaus?
Der Schutzmann blickte sie scharf an.
Schauen Sie uns nicht so an, sagte Mercier. Mit allen hygienischen Garantien, wenn eben möglich. Uns graut nämlich vor der Syphilis, meinem Freund und mir.
Schämen Sie sich nicht, in Ihrem Alter? sagte der Schutzmann.
Was geht Sie das an? sagte Camier.
Uns schämen? sagte Mercier. Schämst du dich, Camier, in deinem Alter?
Gehen Sie weiter, sagte der Schutzmann.

Ich merk' mir Ihre Nummer, sagte Camier.
Willst du meinen Bleistift? sagte Mercier.
Sechzehnhundertfünfundsechzig, sagte Camier. Das Pestjahr. Leicht zu behalten.
Hören Sie mal, sagte Mercier, auf die Liebe zu verzichten wegen einer bloßen Verlangsamung der Spermatogenese, das wäre meiner Meinung nach kindisch. Sie möchten doch nicht, daß wir, ohne zu lieben, leben, Herr Inspektor, sei es auch nur einmal im Monat, in der ersten Samstagnacht, zum Beispiel?
Und für so was zahlen wir Einkommensteuer, sagte Camier.
Ich verhafte Sie, sagte der Schutzmann.
Aus welchem Grund? sagte Camier.
Die venale Liebe ist die einzige, die uns bleibt, sagte Mercier. Für euch kräftige Burschen gibt es die Leidenschaft und die glücklichen Gelegenheiten.
Und die einsame Sinnenlust, sagte Camier.
Der Schutzmann packte Camiers Arm und verdrehte ihn.
Hilf mir, Mercier, sagte Camier.
Lassen Sie ihn bitte los, sagte Mercier.
Au! sagte Camier.
Während der Schutzmann mit der einen Hand, die doppelt so breit wie eine gewöhnliche, knallrot und stark behaart war, Camiers Arm festhielt, gab er ihm mit der anderen eine schallende Ohrfeige. Es begann ihn zu interessieren. Es kam

nicht alle Tage vor, daß eine unterhaltsame Einlage dieser Güte die Eintönigkeit seines Wachdienstes unterbrach. Der Beruf hatte seine guten Seiten, das hatte er schon immer gesagt. Er zog seinen Knüppel hervor. Nun mal los, sagte er, und keine Geschichten! Mit der Hand, die den Knüppel hielt, nahm er eine Trillerpfeife aus seiner Tasche und steckte sie zwischen die Lippen, denn er war ebenso behende wie energisch. Aber er nahm Mercier nicht ernst genug (wer wollte es ihm verdenken?), und das war sein Verderb, denn Mercier hob seinen rechten Fuß (wer hätte das gedacht?) und schleuderte ihn ohne großes Geschick, aber mit Nachdruck gegen die Hoden (nennen wir die Dinge bei ihrem Namen) seines Gegenspielers (die nicht zu verfehlen waren). Der Schutzmann ließ alles los und fiel brüllend vor Schmerz und Widerwillen hin. Mercier selber verlor dabei das Gleichgewicht und stürzte, wobei er sich an der Hüfte arg weh tat. Der vor Entrüstung rasende Camier hingegen hob flink den Knüppel auf, stieß mit einem Fußtritt den Helm fort und schlug mit aller Kraft auf den Schädel ein, mehrere Male, den Knüppel beidhändig umklammernd. Das Gebrüll verstummte. Mercier richtete sich auf. Hilf mir! schrie Camier. Er zog wütend an der Kapuze, die zwischen Kopf und Pflaster eingeklemmt war. Was hast du vor? sagte Mercier. Ihm die Fresse zudecken, sagte Camier. Sie legten die Kapuze frei und klappten sie über das Gesicht. Dann begann Camier auf ihn einzuschlagen. Genug, sagte Mercier, gib mir dieses Schlaginstrument. Camier ließ den Knüppel los und suchte rennend das Weite. Warte, sagte Mercier. Camier blieb stehen. Beeil dich, sagte Camier. Mercier hob den Knüppel auf und versetzte dem bedeckten Schädel einen mäßigen, wohlbedachten Schlag, einen einzigen. Man möchte meinen, ein hartgekochtes Ei, sagte er. Wer weiß, so sagte er sich, vielleicht bringt gerade dieser ihn um. Er warf den Knüppel weg und ging zu Camier, dessen Arm er nahm. Laß uns schlankweg losgehen, sagte Mercier. Camier zitterte, aber nicht mehr lange. Als sie am Rande des Platzes angelangt waren, mußten sie haltmachen, wegen der heftigen Böen. Dann gingen sie langsam, mit eingezogenem Kopf, taumelnd, aneinandergeklammert, in einem wilden Strudel aus Schatten und Geräuschen weiter, über Pflastersteine stolpernd, auf denen schon schwarze Äste mit kratzenden Geräuschen hin- und hergeweht wurden oder wie von Federkraft verursachte plötzliche Sprünge machten. Am anderen Ende begann eine stille, schmale Straße, wie jene, die sie gerade verlassen hatten. Darin herrschte eine außergewöhnliche Ruhe, die jedoch allmählich abnahm.

Er hat dir hoffentlich nicht allzu weh getan? sagte Mercier.

Was für ein Schweinehund, sagte Camier. Hast du seine Fresse gesehen?

Das vereinfacht die Dinge nun sehr, glaube ich, sagte Mercier.

Sie nennen das die Ordnung hüten, sagte Camier.

Wir hätten das nie allein gefunden, sagte Mercier.

Ich glaube, das einfachste wäre nun, wenn wir zu Helene gingen, sagte Camier.

Unbestreitbar, sagte Mercier.

Bist du sicher, daß uns niemand gesehen hat? sagte Camier.

Der Zufall besorgt drei Viertel in dieser elenden Welt, sagte Mercier. Eigentlich habe ich mich immer nur auf ihn verlassen.

Zum Glück ist es nicht weit, sagte Camier.

Bist du dir im klaren darüber, was das für uns bedeutet? sagte Mercier.

Ich wüßte nicht, warum das viel ändern sollte, im Moment, sagte Camier.

Es dürfte nichts ändern, sagte Mercier, aber es wird alles ändern.

Es dürfte alles ändern, sagte Camier, aber es wird nichts ändern.

Du wirst schon sehen, sagte Mercier. Die Blumen sind in der Vase, und die Hammel sind in den Pferch zurückgekehrt.

Ich verstehe nicht, sagte Camier.

Den kurzen Weg, den sie noch zurückzulegen hatten, gingen sie zum größten Teil schweigend, bald der rasenden Wut der Böen ausgesetzt, bald im

Windschatten. Mercier versuchte, die Folgen, die sich aus dem Geschehenen für sie ergaben, in ihrer vollen Bedeutung zu erfassen, und Camier versuchte, einen Sinn für den gerade gehörten Satz zu finden. Es gelang jedoch weder Mercier, sich ihr Glück vorzustellen, noch Camier, seine Auslegung zu einem guten Ende zu führen, denn sie waren müde, sie brauchten Schlaf, der Wind ließ sie hin- und herwanken und, um das Maß der Unannehmlichkeit vollzumachen: in ihren Köpfen hagelte es unersättliche Schläge.

IX

Zusammenfassung der beiden vorhergehenden Kapitel

VII

Der Abend des achten (?) Tages.
Bei Helene.
Der Regenschirm.
Der nächste Morgen bei Helene.
Zeitvertreib.
Der nächste Nachmittag auf der Straße.
Die Kneipe.
Mercier und Camier beraten sich.
Ergebnisse dieser Beratung.
Bei Helene.
Der nächste Mittag, draußen, vor Helenes Wohnung.
Der Regenschirm.
Blicke zum Himmel.
Der Regenschirm.
Neue Blicke zum Himmel.
Ladysmith.
Der Regenschirm.
Neue Blicke zum Himmel.
Der Regenschirm.
Mercier geht weg.
Merciers Begegnungen.
Merciers Gehirn.
Die Ketten.

VIII

Derselbe Tag.
Der Arsch und das Hemd, mit graphischen Darstellungen (restlos gestrichene Stelle).
Vorletzte Kneipe.
Mutter Kirche und die künstliche Befruchtung.
Mercier kommt an.
Der riesige Kellner.
Merciers Beitrag zum Universalienstreit.
Der Regenschirm, Ende.
Das Fahrrad, Ende.
Auf der Straße.
Der Wind.
Das Kaminfeuer.
Der Schlauch und der Brenner.
Der Wind.
Die katechetischen Formen.
Die verhängnisvolle Straße.
Der Sack.
Die Musik und der Schlaf.
Der Strudel.
Die verhängnisvolle Straße.
Ferne Gegenden.
Die verhängnisvolle Straße.
Der Schutzmann.
Der Tod des Schutzmanns.
Der Strudel.
»Die Blumen sind in der Vase.«
Der Wind.
Die endocranischen Schläge.

X

Ein noch befahrbarer Weg verläuft quer über die Hochheide. Es ist der alte Heerweg. Er durchquert weite Moore, in fünfhundert Meter Höhe, oder tausend, wenn Ihnen das lieber ist. Er dient zu nichts mehr. Da sind nur noch ein paar Festungsruinen und ein paar verfallene Häuser. Das Meer ist nicht weit, durch die ostwärts hinabführenden Täler kann man es sehen, es hat kaum mehr Farbe als der Himmel, der kaum welche hat, es ist wie eine Borte. In den Falten der Heide sind Seen verborgen, wenn man sie entdecken will, muß man vom Wege abweichen, schmale Pfade führen dahin, wo hohe Felswände sie überragen. Alles sieht flach aus oder sanft gewellt, und doch kommt man ganz nahe an hohen Felswänden vorbei, ohne etwas von ihnen zu ahnen. Aus Granit sogar. Seltsames Land. Im Westen erreicht die Gebirgskette ihre höchsten Höhen, ihre Gipfel lassen sogar die Mißmutigsten aufblicken, diese Gipfel, von denen aus man die Ebene ohne Horizont sieht, die berühmten Weideplätze, das goldene Tal. Vor ihnen schlängelt sich der Weg; so weit das Auge reicht, nach Süden. Er steigt an, aber man möchte es nicht meinen. Niemand kommt mehr hierher, es sei denn Leute, die immer auf Malerisches aus sind, oder Wanderer. Das mit Heidekraut verkleidete Moor zieht einen an, mit einer Anziehungskraft, der Sterbliche schlecht zu widerstehen vermögen. Dann verschlingt sie das Moor, oder der Nebel sinkt herab. Auch die Stadt ist nicht fern, es gibt Stellen, von denen aus man nachts ihre Lichter sieht, oder vielmehr ihr Licht, und tagsüber ihren Dunst. Man erkennt sogar, bei sehr klarem Wetter, die Molen des Hafens, der beiden Häfen, sie strecken ihre winzigen Arme in das glasige Meer, man weiß, daß sie flach daliegen, aber sie sehen wie hochgehoben aus. Man sieht die Inseln und die Vorgebirge, man braucht sich nur an der richtigen Stelle umzuschauen, und nachts freilich die Leuchttürme mit festen und kreisenden Feuern. Der Himmel scheint, selbst wenn er blau ist, niedriger zu sein, von dieser Hochebene aus gesehen, und sosehr man es sich auch ausreden mag, der Eindruck bleibt bestehen. Dort möchte man sich hinlegen, in einer gut mit trockenem Heidekraut bedeckten Mulde, und einschlafen, ein letztes Mal, an einem Nachmittag. Die Sonne würde scheinen, der Kopf läge inmitten des regelmäßigen Lebens der Stengel und Blüten, man schliefe schnell ein, man verließe schnell manche zauberhaften Dinge. Es ist ein Himmel ohne Vögel, ein paar Raubvögel höchstens, keine Vögel-Vögel. Ende des beschreibenden Abschnitts.

Was ist das für ein Kreuz? sagte Camier.

Da sind sie wieder.

Mitten im Moor, nicht weit vom Wege, aber zu

weit davon entfernt, als daß man die Inschrift lesen könnte, erhob sich ein ganz schlichtes Kreuz.

Ich habe es gewußt, sagte Mercier, aber ich habe es vergessen.

Auch ich habe es gewußt, sagte Camier, ich bin beinahe davon überzeugt.

Aber er war nicht ganz davon überzeugt.

Es war das Grab eines Patrioten, der vom Feind nachts an diesen Ort gebracht und hingerichtet worden war. Oder vielleicht hatten sie nur seine Leiche hergebracht, um sie hier hinzulegen. Begraben wurde er viel später, mit einer gewissen Feierlichkeit. Er hieß Masse. Man machte sich nicht mehr viel aus ihm in nationalistischen Kreisen. Er hatte nämlich wirklich schlechte Arbeit geleistet. Aber er hatte immer noch dieses Denkmal. All das hatten Mercier und Camier gewußt, und wahrscheinlich noch viele andere Dinge, aber sie hatten alles vergessen.

Das ist ärgerlich, sagte Camier.

Möchtest du, daß wir es uns anschauen? sagte Mercier.

Und du? sagte Camier.

Wenn du willst, sagte Mercier.

Sie hatten sich Stöcke zurechtgeschnitzt, in den letzten Wäldchen. Sie kamen flotten Schrittes voran, für ihr Alter.

Wie fühlt Mercier sich heute? sagte Camier.

Ich gebe zu, sagte Mercier, daß ich mich schon schlechter gefühlt habe. Und Camier?

Ich sehe davon ab, mich zu beklagen, sagte Camier.

Sie fragten sich, wer zuerst zusammenbrechen würde. Sie legten einen guten Kilometer schweigend zurück. Sie hielten einander nicht mehr am Arm. Jeder ging unbehindert auf seiner Wegesseite, so daß zwischen ihnen beinahe die ganze Wegesbreite war. Sie begannen, gleichzeitig zu sprechen. Mercier sagte, Hast du nicht manchmal den Eindruck –? und Camier, Gibt es darin Würmer –?

Verzeihung, sagte Camier, du sagtest?

Nein, nein, sagte Mercier, du bitte.

Nicht doch, sagte Camier, es war uninteressant.

Das macht nichts, sagte Mercier, sag's nur.

Du kannst es mir glauben, sagte Camier.

Ich bitte dich darum, sagte Mercier.

Nach dir, sagte Camier.

Ich habe dich unterbrochen, sagte Camier.

Das stimmt nicht, sagte Mercier.

Doch, doch, sagte Camier.

Es herrschte wieder Schweigen. Mercier brach es, oder vielmehr Camier.

Hast du dich erkältet? sagte Mercier.

Camier hatte nämlich gehustet.

Es ist noch etwas zu früh, um es genau zu wissen, sagte Camier.

Ich hoffe, daß es nichts zu sagen hat, sagte Mercier.

Was für ein schönes Wetter, sagte Camier.

Nicht wahr? sagte Mercier.
Wie schön die Heide ist, sagte Camier.
Sehr schön, sagte Mercier.
Schau dir mal dieses Heidekraut an, sagte Camier.
Mercier betrachtete ostentativ das Heidekraut. Er pfiff.
Darunter ist das Moor, sagte Camier.
Darauf würde man nie kommen, sagte Mercier.
Camier hustete.
Du hustest wie einer, der nicht mehr zu retten ist, sagte Mercier.
Glaubst du, daß es darin Würmer gibt, sagte Camier, wie in der Erde?
Das Torfmoor hat bemerkenswert gute Eigenschaften, sagte Mercier.
So, so, sagte Camier.
Es konserviert.
Aber gibt es darin Würmer? sagte Camier.
Sollen wir ein wenig graben, um nachzuschauen? sagte Mercier.
Ach was, sagte Camier, wie kommst du nur darauf. Er hustete.
Es war tatsächlich schönes Wetter, jedenfalls das Wetter, das man in diesem Land schön nennt, aber es war frisch, und die Nacht war nicht mehr weit.
Wo werden wir übernachten? sagte Camier. Hast du daran gedacht?
Es ist komisch, sagte Mercier, aber ich habe oft

den Eindruck, daß wir nicht allein sind. Du nicht?

Ich weiß nicht, ob ich richtig verstanden habe, sagte Camier.

Bald helle, bald schwerfällig, so ist Camier.

Wie die Gegenwart eines Dritten, sagte Mercier. Sie umhüllt uns. Ich habe es seit dem ersten Tag gespürt. Und dabei bin ich alles andere als spiritistisch.

Stört es dich? sagte Camier.

In der ersten Zeit nicht, sagte Mercier.

Und nun? sagte Camier.

Es fängt an, mich ein wenig zu stören, sagte Mercier.

Ja, die Nacht war nicht mehr weit, und es war für sie, womöglich ohne daß sie es sich schon eingestanden, gar nicht so schlecht, daß die Nacht nicht mehr weit war.

Wer bist du eigentlich, Camier? sagte Mercier.

Ich? sagte Camier. Ich bin Francis Xavier Camier.

Das ist wenig, sagte Mercier.

Wem sagst du das, sagte Camier.

Ich könnte mich das gleiche fragen, sagte Mercier.

Wo wird übernachtet? sagte Camier. Unter freiem Himmel?

Das würde uns nicht schaden, sagte Mercier, nachdem wir ich weiß nicht wie viele Nächte hintereinander bei Helene waren. Hast du sie wieder von hinten vorgenommen?

Ich habe es versucht, sagte Camier, aber der Kopf stand mir nicht danach.
Du vögelst zuviel seit einiger Zeit, sagte Mercier. Schämst du dich nicht, in deinem Alter? Du wirst dich womöglich erwärmen.
Ich habe in der Tat eine glühendheiße Eichel, sagte Camier. Es ist ein Circulus vitiosus.
Du mußt dir Pomade drauftun, sagte Mercier.
Ich wage nicht, daran zu rühren, sagte Camier.
Und deine Zyste? sagte Mercier.
Reden wir nicht darüber, sagte Camier.
Ist sie dir wenigstens nicht ins Loch hineingewachsen, sagte Mercier, wie du es einmal befürchtetest?
Sie bewacht immer noch den Eingang, sagte Camier. Sie wird jeden Tag etwas größer und ist doch noch nicht näher am Loch als vor zwanzig Jahren. Wenn du etwas davon begreifst, ich nicht.
Torfwasser ist sehr gut für so was, sagte Mercier. Du brauchst dich nur reinzusetzen. Und das würde deinen Ductus ejaculatorius gleichzeitig abkühlen.
Kein einziger Baum, muß das besonders erwähnt werden? Es ist klüger. Die Oase besteht hier aus Farn.
Wir werden frieren, sagte Camier, und die Nässe wird uns bis ins Mark dringen.
Es gibt Ruinen, sagte Mercier. Oder aber wir gehen weiter bis zur Erschöpfung. Es gibt nichts Besseres gegen die Unbilden des Wetters.

Als sie ein Stück weitergegangen waren, kamen sie an die Trümmer eines Hauses, wenn nicht einer Festung. Sie mußten ungefähr ein halbes Jahrhundert alt sein. Es würden so bald keine anderen Ruinen mehr auftauchen. Es war beinahe Nacht.

Nun stehen wir vor der Wahl, sagte Mercier.

Vor der Wahl zwischen –? sagte Camier.

Zwischen den Trümmern und der Erschöpfung, sagte Mercier.

Sollte es keine Möglichkeit geben, beides miteinander zu verbinden? sagte Camier.

Wir werden die nächsten nie erreichen, sagte Mercier.

Es ist ganz einfach, sagte Camier.

Das sagt man so, sagte Mercier.

Wir brauchen nur noch ein wenig weiterzugehen, sagte Camier, bis wir glauben, daß wir gerade noch genug Kräfte haben, um hierher zurückzukehren. Dann machen wir kehrt und kehren hierher zurück, zu den Trümmern, völlig erschöpft.

Das ist gefährlich, sagte Mercier.

Hast du einen besseren Einfall? sagte Camier.

Wir könnten hier vielleicht ein wenig tanzen, sagte Mercier, ich meine, uns irgendwelchen heftigen Bewegungen hingeben. Dabei würden wir nichts riskieren. Wir wären sicher, im Schutze der Trümmer zusammenbrechen zu können, sobald wir genug hätten.

Ich kann mich noch einige Zeit den Weg

entlangschleppen, sagte Camier, aber ich wäre außerstande, den geringsten Sprung zu machen.

Dann laß uns einfach auf und ab gehen, sagte Mercier.

Die Versuchung, uns vorzeitig hinzulegen, es vor dem Ende beenden zu wollen, wäre stärker als wir, sagte Camier.

Dein Plan ist aber voller Fallen, sagte Mercier. Die Müdigkeit ist etwas Sonderbares, besonders in ihren letzten Phasen, eine gemischte Progression bis zum Wahnsinn, von deren Ursachen man überhaupt nichts weiß. Ohne von der hereinbrechenden Nacht zu sprechen, die uns mitten zwischen die Sumpflöcher entführen kann.

Sei vernünftig, sagte Camier. Was riskieren wir schon?

Eben, sagte Mercier.

Sie setzten sich also wieder in Marsch, wenn man das Marsch nennen kann.

Es gibt Momente, sagte Camier, in denen es ein wahres Vergnügen ist, sich mit dir zu unterhalten.

Ich bin im Grunde nicht böse, sagte Mercier.

Nach einer Weile sagte Mercier,

Ich glaube nicht, daß ich noch viel weiter gehen kann.

Schon? sagte Camier. Sind es die Beine? Oder die Füße?

Es ist eher der Kopf, sagte Mercier.

Es war dunkel, der Weg war wenige Meter weiter nicht mehr zu sehen. Es war zu früh, als daß die Sterne etwas hätten beleuchten können. Der Mond würde erst viel später aufgehen. Es war eigentlich die düsterste Stunde. Sie waren stehengeblieben. Sie konnten einander, von Wegesseite zu Wegesseite, kaum sehen. Camier näherte sich Mercier.

Wir machen kehrt, sagte Camier. Stütz dich auf mich.

Es ist im Kopf, habe ich dir gesagt, sagte Mercier.

Du siehst Formen, die nicht existieren, sagte Camier. Zum Beispiel Baumgruppen, da, wo gar keine sind. Oder es tauchen seltsame Tiere auf, riesengroße Kühe und Pferde in lichten Farben, sie tauchen aus der Finsternis auf, sobald du nur ein wenig den Kopf erhebst, auch hohe Scheunen und große Strohschober. Das alles immer verschwommener und wolliger, als ob man zusehends erblinden würde, ha ha, zusehends erblinden!

Du kannst meine Hand nehmen, wenn du willst, sagte Mercier.

So kehrten sie Hand in Hand wieder um, und zwar lag die große in der kleinen.

Deine Hand ist feucht, sagte Mercier, und du hustest. Du hast womöglich Alterstuberkulose.

Er hatte es kaum gesagt, als er es auch schon zitternd bereute. Was befürchtete er? Was bereute er? Er befürchtete, daß Camier ihm diesen Treffer schlagfertig vergelten und ihm so Verständnis und eine Antwort oder ein ungehöriges Schweigen abnötigen würde, und er bereute, sich einem solchen Dilemma ausgesetzt zu haben. Dummheiten, Reuegefühle, Entschuldigungen, Befürchtungen, Rügen, Entschuldigungen, und dann, bisweilen, selten, aber bisweilen, der tiefe Frieden unbestraften Verschuldens, denn Camier blieb stumm, so daß man sich fragen mußte, ob er es gehört hatte. Er war womöglich viel müder, als er zugeben wollte, ebenso nahe an der Grenze seiner Kraft wie Mercier. Was dieser Ansicht den so kostbaren Wert der Wahrscheinlichkeit verleiht, ist die Tatsache, daß Mercier kurz danach genötigt war, einen und denselben Satz zwei- oder dreimal nacheinander zu wiederholen, ehe Camier ihn zur Kenntnis nahm. Und zwar so:

Ich hoffe, daß wir das Moos nicht überschritten haben, sagte Mercier.

Camier antwortete nicht.

Ich hoffe, daß wir das Moos nicht überschritten haben, sagte Mercier.

Was? sagte Camier.

Ich sagte, daß ich hoffe, daß wir das Moos nicht überschritten haben, sagte Mercier.

Camier antwortete nicht sofort. Es gibt im Leben solche Gelegenheiten, bei denen die einfachsten, klarsten Worte einige Zeit brauchen, um ihren vollen Duft auszuströmen. Und Moos klang etwas verwirrend. Aber schließlich stoppte der kleine, erschöpfte Mann, der sozusagen die Leitung des Unternehmens übernommen hatte, plötzlich ihren Fußmarsch.

Es liegt ein wenig abseits des Weges, sagte Mercier. Wir sind wohl daran vorbeigegangen, ohne es zu sehen, so dunkel ist diese Nacht, das vermute ich jedenfalls.

Wir hätten den Pfad da gesehen, sagte Camier.

Scheint mir auch, sagte Mercier. Was mich betrifft, so gestehe ich gern, daß ich nichts mehr sehe, weder den Weg noch meine gewohnten Füße, noch meine Beine, noch meine Brust (die zwar hohl ist). Ein Stück Bart vielleicht, zugegeben, von Zeit zu Zeit, er ist weiß genug. Selbst wenn wir an einem Galaabend an der Scala vorbeigegangen wären, hätte ich es nicht gemerkt. Was du in deiner gewohnten Güte hier abschleppst, mein lieber Camier, ist ein altes Wrack.

Und ich war zerstreut, sagte Camier. Das ist unverzeihlich.

Es sei dir alles verziehen, sagte Mercier, alles ohne Ausnahme. Laß bloß meine Hand nicht los. Die Verzweiflungsgymnastik brauchst du dir nicht zu verkneifen, so was tut gut, ein Weilchen, aber laß meine Hand nicht los.

Camier wurde tatsächlich von wirren Bewegungen geschüttelt.

Du bist fix und fertig, du armer Camier, sagte Mercier. Gib es zu.

Du wirst schon sehen, ob ich fix und fertig bin, sagte Camier.
Du hast Schmerzen an deinem kleinen Arschloch, sagte Mercier, und an deinem kleinen Penis.
Wir werden nicht noch weiter zurückkehren, sagte Camier, was auch immer geschehen mag.
Das will ich meinen, sagte Mercier. Ich bin unser überdrüssiges Schmetterlingsgezappel satt. Wo hol' ich nur die Kraft zum Sprechen her? Kannst du mir das mal sagen?
Camier hätte beinahe gesagt, Los, voran, aber er hielt es rechtzeitig zurück. Denn da sie sich einig waren, den Weg nicht wieder zurückzugehen, und die Natur des Geländes jede Abweichung nach links oder nach rechts bei Strafe einer Katastrophe verbot, wohin hätten sie da bei Strafe einer Katastrophe anders gehen können als voran? Er begnügte sich also damit, weiterzugehen, und Mercier hinter sich herzuschleppen.
Versuch, in einer Höhe mit mir zu bleiben, sagte Camier, herrje nochmal!
Schätz dich glücklich, sagte Mercier, daß du mich nicht zu tragen brauchst. Du hast selber gesagt, Stütz dich auf mich.
Sehr richtig, sagte Camier.
Ich lehne es ab, sagte Mercier, um keine zu große Last für dich zu sein. Und wenn ich ein wenig hinter dir zurückbleibe, machst du ein großes Geschrei. Was sind das für Manieren?
Bald kamen sie nur noch taumelnd voran. Man

kommt taumelnd sehr gut voran, natürlich nicht so gut wie nicht taumelnd, und vor allem nicht so schnell, aber man kommt voran. Sie traten über den Wegesrand ins Moor, was schlimme Folgen für sie hätte haben können, aber nichts zu machen. Die Stürze begannen, bald riß Mercier Camier mit (in seinem Sturz), bald war das Gegenteil der Fall, und bald brachen sie beide, wie ein Mann, gleichzeitig zusammen, ohne darauf gefaßt zu sein, und ganz unabhängig voneinander. Sie standen nicht immer sofort wieder auf, als sie jung waren, hatten sie geboxt, aber sie standen wieder auf, nichts zu machen. Und in den schlimmsten Augenblicken hielten die Hände sich die Treue, die Hände, von denen man nicht mehr hätte sagen können, welche beim Druck die gebende und welche die empfangende war, so verworren war alles geworden. Ihre Besorgnis hinsichtlich der Trümmer spielte dabei wahrscheinlich eine Rolle, und das war schade, da sie schlecht begründet war. Denn sie gelangten schließlich zu dem Moos und den Ruinen, an denen sie schon vorbeigegangen zu sein befürchteten, sie hatten sogar die Kraft, in ihre verborgensten Winkel vorzudringen, bis sie allseits von Trümmern umgeben und gleichsam verschüttet waren. Erst da, endlich geschützt vor einer Kälte, die sie nicht mehr spürten, und vor einer Nässe, die sie gar nicht mehr störte, pflichteten sie der Ruhe, oder richtiger dem Schlafe bei und waren

ihre Hände wieder frei für die alten Verrichtungen.
Auch in der Nacht spiegeln die Spiegel die Nacht, sich selber, Nacht in Spiegeln, zahllose leere Perspektiven vervielfachend. Sie schlafen Seite an Seite das tiefe Schläfchen der Alten. Sie werden noch miteinander sprechen, aber nur, weil der Zufall es will, wie man sagt. Aber haben sie je anders miteinander gesprochen? Man weiß übrigens nichts mehr ganz sicher, von nun an. Es wäre der Moment zu enden. Es ist eigentlich zu Ende. Aber da ist noch der Tag, da sind noch alle Tage, und ein Leben lang das Leben, man kennt sie allzu gut, die langen Postum-Verschiebungen, den grauen Aufruhr, der sich beruhigt, die Klarheiten eines Augenblicks, den Staub des Vollendeten, der sich erhebt, aufwirbelt, sich legt und alles vollendet. Das hat auch was für sich. Lassen wir ihn also erwachen, Mercier oder Camier, einerlei, Camier, er erwacht, es ist Nacht, immer noch Nacht, er weiß nicht, wie spät es ist, wir auch nicht, einerlei, es ist Nacht, er steht auf und entfernt sich in der Dunkelheit, er legt sich etwas weiter weg wieder hin, immer noch inmitten der Trümmer, was nicht besonders erwähnt zu werden braucht, sie breiten sich weithin aus. Warum? Es zu erfahren, ist unmöglich. Es gibt keine Gelegenheit mehr, so was zu erfahren. Es fehlt nie an Gründen, um den Platz zu wechseln. Sie müssen schon gut sein, denn nun passiert Mercier dasselbe,

fast zur gleichen Zeit vermutlich. Das ganze Vorrangproblem, das bis jetzt so aufschlußreich war, hört hier endgültig auf, es zu sein. Da liegen sie also, oder vielleicht hocken sie nur da, in einem Abstand voneinander, der ziemlich respektvoll ist, wenn man nur bedenkt, wie sie sonst aneinander hängen. Sie schlummern wieder ein (merkwürdig, dieses plötzliche Präsens), oder vielleicht überlegen sie nur. Wenn man es sich recht überlegt, kommt man zu dem Schluß, daß sie einschlummern müssen, alles spricht dafür. Allerdings, vor Tagesanbruch, lange vor Tagesanbruch erhebt sich einer von ihnen, meinetwegen Mercier, mal der eine, mal der andere, und schaut nach, ob Camier immer noch da ist, das heißt, an der Stelle, wo er ihn gelassen zu haben glaubt, das heißt an der Stelle, wo sie sich zunächst hatten fallen lassen, einer neben dem anderen. Ist das klar? Schade, daß da nicht irgendwo ein dritter Schächer ist, mit der Vorausahnung eines Christus etwas weiter weg, der kneift angesichts des Kelches, was sehr, ja allzu menschlich ist. Aber Camier ist nicht mehr da, wie sollte er auch da sein? Also sagt sich Mercier, Nanu, der verflixte Camier ist mir zuvorgekommen, und er bahnt sich mit weit aufgerissenen Augen (um sich nichts vom Licht entgehen zu lassen) und Armen, die wie Fühler fuchteln, und mit argwöhnischen Füßen einen Weg durch die Trümmer und erreicht und erklimmt (das Trümmerfeld steigt an, spürt man das nicht?)

den Pfad, der zum Weg führt. Fast im gleichen Moment, nicht genau im gleichen, das ginge nicht, sondern fast im gleichen, etwas früher oder etwas später, das spielt keine Rolle oder kaum eine, treibt Camier den gleichen Sport. Dieser Schurke, sagt er sich, hat sich sang- und klanglos davongemacht, und er schleicht sich ganz, ganz vorsichtig, das Leben ist ja so kostbar, der Schmerz so furchtbar, die alte Haut so unheilbar, aus diesem freundlichen Chaos, man möchte meinen, ein Mantegna, ohne ein Wort, ohne eine Geste des Dankes. Man stattet Steinen keinen Dank ab, diesen Tort tut man ihnen an. Kurzum: ungefähr so haben die Dinge sich wohl abgespielt. Da sind sie also auf dem Weg, immerhin merklich erfrischt, und jeder weiß, daß der andere in der Nähe ist, jeder spürt es, glaubt es, fürchtet es, hofft es, leugnet es und kann nichts daran ändern. Dann und wann halten sie an und lauschen gespannt nach dem Geräusch von Schritten, von Schritten, die sie unter allen Schritten herauszuhören vermögen, und die sind zahlreich, die immerzu leise über die Wege der Erde streifen, Tag und Nacht. Aber in der Nacht sieht man, was nicht ist, und hört man, was nicht ist, das steht fest, man macht sich Illusionen, es ist wirklich nicht der Mühe wert, besonders achtzugeben. Und doch gibt man acht, weiß Gott. Dermaßen, daß mitunter einer von beiden haltmacht, sich an den Wegesrand setzt, beinahe ins Torfmoor, um sich auszuruhen, oder um besser zu überlegen, oder um nicht mehr zu überlegen, es fehlt nie an Gründen, um haltzumachen, und der andere kommt, der hinten war und diese Art Sordelschatten sieht, aber ohne daran zu glauben, jedenfalls ohne genug daran zu glauben, um sich in seine Arme stürzen oder ihm einen Fußtritt versetzen zu können, der ihn Arsch über Kopf in den Sumpf schleudern würde. Auch der Sitzende sieht, wenn er nicht gerade die Augen geschlossen hat, jedenfalls hört er, wenn er nicht gerade schläft, und er glaubt, an Sinnestäuschungen zu leiden, ohne jedoch fest davon überzeugt zu sein. Dann, etwas weiter, steht der Sitzende auf, und der andere setzt sich hin, und so weiter, durchschauen Sie den Trick, die beiden können so bis zur Stadt kommen, indem sie einander abwechselnd für nichtig und für wichtig erklären, bis zur Weißglut. Denn sie gehen selbstverständlich zur Stadt, wie immer, wenn sie sie verlassen, so wie der Kopf nach langen, vergeblichen Berechnungen wieder zwischen die bekannten Größen zurückfällt. Aber in der Tiefe der nach Osten hinuntertorkelnden Täler verändert sich der Himmel. Es ist die alte, saumäßige Sonne, die sich wieder aufdrängt, pünktlich wie ein Scharfrichter. Achtung, man wird die irdischen Herrlichkeiten wiedersehen, man wird einander wiedersehen, was noch viel komischer ist, die Nacht wird nichts verändert haben, sie ist nur die Kehrseite des Panspermokollers, ein Glück, daß er eine hat, zugegeben, die Mitmenschen werden es bezeugen (falls ein Zweifel daran bestehen sollte), alle Mitmenschen und all das Herzerbrechen und der ganze Trödelkram weißhaarigen Erschauerns. Also sehen sie sich, was wollen Sie, sie hätten nur früher aufzubrechen brauchen, aber kann man je wissen? Wer ist an der Reihe, Camier ist dran, also dreh dich um, Kanaille, und gib Obacht. Du traust deinen Augen nicht, das macht nichts, du wirst ihnen trauen, denn er ist es wirklich, dein bärtiges, knochiges, erschöpftes, erledigtes Bruderherz, in Steinwurfweite, aber wirf keinen Stein, denk an die gute alte Zeit, als ihr euch zusammen in der Scheiße wälztet. Mercier läßt sich ebenfalls von den Tatsachen überzeugen, es ist eine Gewohnheit, die man annimmt, inmitten der Grundsätze, Camier hebt die Hand, das ist ungefährlich, es ist elegant, es ist galant, es verpflichtet zu nichts. Den Augenblick, in dem Mercier zögert, vor der Erwiderung dieses Grußes, auf den er, um nur das mindeste darüber zu sagen, nicht gefaßt war, nützt Camier aus, um sich wieder auf den Weg zu machen. Man kommt nicht mehr los von diesem Präsens. Aber selbst die Toten kann man schön grüßen, nichts spricht dagegen, es wird sogar gern gesehen, sie haben nichts davon, aber es gefällt den Leichenträgern, es hilft ihnen beim Tragen, und den Freunden und den Verwandten, und den Pferden, es hilft ihnen, sich für Überlebende zu halten, und dem

Grüßenden tut das Grüßen auch gut, es ist belebend. Mercier läßt sich nicht verblüffen, o nein, er hebt seinerseits die Hand, die feine, die heterologe, zu jener großen und selbstgefällig-selbstlosen Geste der Prälaten, wenn sie begünstigte Teile der Materie Gott weihen. Wie gut ich bin, sagt Mercier, besser, als wenn er mich sähe. Aber um diesen Verrücktheiten ein Ende zu bereiten: nach seiner Ankunft an der Stelle, wo der Weg sich zum erstenmal gabelt (Ende der Heide), machte Camier halt (endlich ein kleines Imperfekt), und sein Herz schlug (wieder eins) schneller beim Gedanken an das, was er in diesen zum Platzen mit noch nie dagewesenem Taktgefühl schwangeren letzten Gruß hineinlegen würde. Es sah schon ganz ländlich aus, lebende Hecken (lebende!), Dreck, Jauche, Teiche, Felsblöcke, Kuhfladen, Elendskaten und hier und dort ein unzweifelhaft menschliches Wesen, ein echter Anthropopseudomorpher, der seit dem ersten Schimmer der Morgendämmerung sein Feldstück jätet oder seinen Mist umbettet, mit einem Spaten, da er seine Schaufel verloren hat und seine Gabel zerbrochen ist. Ein riesiger Baum mit einem Wirrwarr schwarzer Zweige steht in dem Winkel, wo der Weg sich gabelt. Links zweigt die Strecke ab, die geradeaus zur Stadt führt, jedenfalls in der Weise, die man in diesem Lande geradeaus nennt, während die andere Strecke die Stadt erst erreicht, nachdem sie sich durch einen Ausschlag verpesteter Weiler geschleppt hat, denen nur noch das Feuer den Garaus hätte machen können, und auf deren Erhaltung mit allen Mitteln, darunter dieser Zickzackweg, man wahrscheinlich im Hinblick auf jenen glorreichen Tag erpicht war, an dem die Stadt, wenn sie nicht krepieren wollte, die Dörfer erreichen würde. Also, nach Ankunft an diesem Scheidewege machte Camier halt und drehte sich um, was zur Folge hatte, daß Mercier ebenfalls haltmachte und sich halb umdrehte, fluchtbereit, muß man das zweimal sagen? Aber er sorgte sich zu Unrecht, denn Camier hob lediglich die Hand zu einem Gruß, der in jeder Hinsicht jenem glich, den er schon einmal so großzügig entboten hatte, streckte die andere, steife und wahrscheinlich zitternde Hand nach der rechten Abzweigung aus und beschritt sie eiligst mit heldenmütigem Schwung. Wenn er sich in ein brennendes Haus hätte stürzen müssen, in dem drei Generationen seiner Familie auf Rettung warteten, so hätte er es nicht anders gemacht. Beruhigt, wenn auch noch nicht ganz, ging Mercier vorsichtig bis zum Scheideweg. Er schaute nach rechts. Camier war verschwunden. Er bog mit beschleunigten Schritten in die linke Abzweigung ein. Abgehängt! Ungefähr so haben die Dinge sich wohl zugetragen. Die Erde wälzte sich ins Licht, ins kurze, allzu lange Licht.

XI

Das wäre es. Man braucht Zeit, um ungefähr zu begreifen, was sich zugetragen hat. Das ist die einzige Entschuldigung, jedenfalls die beste. Da steckt sogar genug zum Leben drin, im Ernst, genug, um aufzustehen, sich zu kleiden (sehr wichtig), sich zu ernähren, sich zu entleeren, spazierenzugehen bei schönem Wetter, sich zu entkleiden, sich hinzulegen und die anderen Dinge zu tun, und die anderen Dinge zu erleiden, die aufzuzählen sehr lästig, ja, sehr lästig wäre. Und dann gibt es die Acht, die prophetische Zahl (aber welche ist es nicht?), zwei für jeden Fuß, zwei für jede Hand, und für die Amputierten sechs, vier, zwei oder gar keine, je nach dem Amputierten. Die Aufmerksamkeit droht nicht nachzulassen, unter solchen Umständen. Man schult sein Gedächtnis, es ist schließlich recht brauchbar, ein Schatz, man schlendert in seiner Krypta umher, ohne Kerze, man besucht die Orte wieder, man erinnert sich wieder an die Geräusche (sehr wichtig), man kennt sie schließlich auswendig, man weiß nicht mehr, wo einem der Kopf steht, und die Nase, und die Augen, und die Ohren, man weiß nicht mehr, über welchen Überrest man sich beugen soll, sie riechen alle gleich gut, die einen wie die anderen, man weiß nicht mehr, welche Platte man sich auflegen soll. Ah, das hübsche Grabes-Jenseits! Und dann können einem noch tolle Sachen passieren! Tolle Abenteuer! Ja doch, ja doch. Sie glauben mit allem fertig zu sein, und dann, eines schönen Tages, päng, mitten ins Auge. Oder in den Arsch, oder gegen die Hoden, oder in die Fotze, es fehlt nicht an Zielen, vor allem nicht unter der Gürtellinie. Wenn man bedenkt, daß es bei alledem Leichen gibt, die sich langweilen! Welche Gefühllosigkeit! Rache! Rache!

Es ist freilich ermüdend, es ist aufreibend, die Zeit fehlt vielleicht, um sich die Seele zu pomadisieren, aber man kann nicht alles haben, den Körper wie Mus, das Gewissen wie eine offene Wunde und den Archeus wie zur Zeit der Unschuld, vor dem Sturz, ohne Netz, ja, das steht fest, es fehlt an Zeit, für die Ewigkeit.

Es gibt jedoch eine Art von Spleen, der nur schwer zu beschwören ist. Es ist die Erwartung jener Nacht, mit der guter Rat kommt, denn nicht jede Nacht hat diese Eigenschaft. Es kann Monate dauern. Es ist ein Zwischending, das langwierige, manierierte, ermüdende Gemisch aus Gewissensbissen, den letzten mit den aufgelösten, man hat es tausendmal erlebt, es ist zum Totlachen, aber man schafft es nicht, sich totzulachen, sich aufzulösen in dem tausendmal gelächelten Lächeln. Es ist das Ende, das Vor-Ende des Tages, und die Pillen helfen einem nicht mehr. Ein Glück, daß es nicht immer ewig währt, im allgemeinen dauert es nur ein paar Monate, ein paar Jahre, man hat

sogar plötzliche Beendigungen erlebt, in heißen Ländern zum Beispiel. Und überdies fehlt es nicht unbedingt an Unterbrechungen, die Zwischenspiele sind nicht ausdrücklich verboten, nicht doch, einige verschaffen einem sogar eine echte Illusion des Lebens, solange sie dauern, des laufenden Tages, des Unverpfuschten. Und selbst, wenn man nicht so weit geht, sie verschaffen einem Erleichterung, ein wenig, die Zwischenspiele, einige davon, die erlaubt sind, solange sie dauern.
Es gibt auch die hübschen Farben, grüne und zitronengelbe Töne, die verschießen, bleiben wir beim Unbestimmbaren, sie verblassen noch mehr, aber nur, um einen besser zu durchbohren, werden sie je erlöschen, ja, ja doch, sie werden erlöschen.
Und was noch? Das ist alles, danke.
Von draußen gesehen, war es ein Haus wie so viele andere. Von drinnen gesehen, auch. Camier kam da heraus. Er ging noch ein wenig spazieren, bei schönem Wetter. Es war Sommer. Man hätte den Herbst vorgezogen, Ende Oktober, Anfang November, aber es war Sommer, nichts zu machen. Die Sonne ging unter, die Geigen wurden gestimmt (man fragt sich warum), vorm Erklingen des alten Enueg. Leicht bekleidet, ging Camier einher, mit dem Kopf auf dem Brustbein. Von Zeit zu Zeit richtete er sich mit einer jähen und sofort wieder rückgängig gemachten Bewegung auf, nur um sich zu orientieren. Er fühlte sich nicht allzu schlecht, er hatte einen guten Tag. Die

Passanten rempelten ihn an, aber nicht absichtlich, nein, nicht absichtlich, sie hätten ihn lieber nicht angerührt. Er machte einen Rundgang, er machte nur einen Rundgang, er würde bald müde, sehr müde sein. Bei einem Halt würde er dann die kleinen blau-roten Augen ganz weit aufsperren und einen Blick um sich herumschweifen lassen, bis er die Lage gepeilt hätte. Die Kräfte für die Rückkehr reichten oft kaum aus, so daß er genötigt war, in die erste beste Kneipe zu gehen, um sich wieder welche zu verschaffen, um sich Vertrauen einzuflößen, Vertrauen und Mut, angesichts des Rückwegs, von dem er oft nur eine unklare Vorstellung hatte. Er half sich mit einem Spazierstock, den er bei jedem Schritt auf den Boden stieß, nicht bei jedem zweiten Schritt, bei jedem Schritt. Eine Hand legte sich auf seine Schulter. Camier blieb stehen, machte sich ganz klein, blickte jedoch nicht auf. Es war ihm einerlei, es war sogar besser so, einfacher, aber das war kein Grund, den Blick von der Erde zu lösen. Er hörte sagen, Die Welt ist klein. Finger hoben sein Kinn an. Er sah einen Mann von hohem Wuchs, in sehr schmierigem Aufzug. Eine genaue Beschreibung erübrigt sich. Er schien bejahrt zu sein. Er hatte den üblen Geruch von Greisen und den von Nicht-Gewaschenem an sich, kurzum er stank. Camier witterte ihn als erfahrener Schnupperer.

Du kennst meinen Freund Mercier, sagte der Mann.

Camiers Augen suchten vergeblich.
Hinter dir, sagte der Mann.
Camier drehte sich um. Mercier, der ganz in einem Hutgeschäftsschaufenster versunken zu sein schien, war von der Seite zu sehen.
Sie gestatten, sagte der Mann. Mercier, Camier, Camier, Mercier.
Man hätte meinen können, zwei Blinde, denen außer dem Augenlicht nichts fehlt, um sich ein Bild voneinander zu machen, weder der Wunsch noch die Haltung der Körper.
Ich sehe, daß Sie sich kennen, sagte der Mann. Dessen war ich sicher. Begrüßen Sie sich bloß nicht!
Ich kenne Sie nicht, mein Herr, sagte Camier.
Ich bin Watt, sagte Watt. Ich bin in der Tat unkenntlich.
Watt? sagte Camier. Dieser Name sagt mir nichts.
Ich bin kaum bekannt, das stimmt, sagte Watt, aber ich werde es sein, eines Tages. Ich sage nicht, allgemein bekannt, es ist beispielsweise kaum anzunehmen, daß meine Bekanntheit bis zu den Bewohnern von London oder Cuq-Toulza durchdringt.
Wo haben Sie mich kennengelernt? sagte Camier. Sie werden mein geringes Erinnerungsvermögen entschuldigen. Ich habe noch keine Zeit gehabt, um alles zu entwirren.
Gerne, sagte Watt. An der Wiege.

Sie werden zugeben, daß es in diesem Falle schwierig für mich ist, Sie zu widerlegen.
Niemand verlangt von dir, mich zu widerlegen, sagte Watt. Es ist mir wirklich peinlich, in so kurzer Zeit zweimal hintereinander die gleichen Dummheiten zu hören.
Sie sind mir völlig fremd, sagte Camier. An der Wiege, sagten Sie?
In deinen Windeln, sagte Watt. Du bist dir zum Verwechseln ähnlich geblieben.
Dann haben Sie auch meine Mutter gekannt, sagte Camier.
Eine wahre Heilige, sagte Watt. Sie wechselte alle zwei Stunden deine Windeln, bis zum fünften Lebensjahr. Er wandte sich Mercier zu. Während ich deine, sagte er, nur leblos gekannt habe.
Ich habe einen gewissen Murphy gekannt, sagte Mercier, der Ihnen ein wenig ähnelte, in viel jünger. Aber er ist gestorben, vor zehn Jahren, unter recht mysteriösen Umständen. Man hat seine Leiche nie wiedergefunden, stellen Sie sich das mal vor.
Sie kennen ihn also auch nicht? sagte Camier.
Kinder, Kinder, sagte Watt, duzt euch doch wieder, seid so lieb. Tut euch meinetwegen keinen Zwang an. Ich bin das Schweigen in Person. Ein Grab.
Meine Herren, sagte Camier, Sie werden gestatten, daß ich Sie verlasse.
Wenn ich nicht wunschlos wäre, sagte Mercier,

würde ich mir einen dieser Hüte kaufen, um ihn auf meinen Kopf zu setzen.
Ich spendiere euch eine Runde, sagte Watt. Er fügte hinzu, Ihr Burschen, mit einem Lächeln ohne jede Bosheit, das beinahe zärtlich war.
Nein, wirklich – –, sagte Camier.
Den Dunkelbraunen da, auf der Form, sagte Mercier.
Watt packte Merciers rechten Arm und (nach kurzem Kampf) auch Camiers linken, und schleppte beide mit sich fort.
Wohin gehen wir noch? sagte Camier.
Mercier erblickte in der Ferne die Bergketten seiner Kindheit, die ihm zum Spielen gedient hatten.
Watt sagte zu ihm,
Wenn du deine Füße anhöbst, kämst du besser voran. Ich nehm' dich nicht mit zum Zahnarzt heute.
Sie gingen auf die untergehende Sonne zu (man kann sich nicht alles versagen), deren Feuerfunken über die höchsten Häuser hinausstoben.
Schade, daß Dumas Père uns nicht sehen kann, sagte Watt.
Oder einer der Evangelisten, sagte Camier.
Mercier und Camier waren immerhin aus anderem Holze.
Mercier sagte mit zitternder Fistelstimme, Ich hätte ihn angesichts vorbeifahrender Leichenwagen vom Kopf genommen.
Meine Kräfte sind begrenzt, sagte Camier, wenn eure es nicht sind.

Wir sind gleich da, sagte Watt.

Ein Polizist versperrte ihnen den Weg.

Dies ist ein Bürgersteig, sagte er, keine Zirkusmanege.

Daß dieser Polizist für eine steile Karriere prädestiniert war, sah man ihm an.

In was mischen Sie sich ein? sagte Camier.

Lassen Sie uns gefälligst in Frieden, sagte Mercier.

Immer mit der Ruhe, sagte Watt. Er beugte sich zu dem Polizisten vor. Herr Inspektor, sagte er, regen Sie sich nicht auf. Die sind ein wenig – er tippte sich an die Stirn –, aber sie würden keiner Fliege was zuleide tun. Der Große hält sich für Johannes den Täufer, von dem Sie gewiß haben sprechen hören, wohingegen der Kleine zwischen Julius Cäsar und Toussaint Louverture schwankt. Was mich betrifft, so begnüge ich mich damit, in dem Rollenfach zu bleiben, das meine Geburt mir beschieden hat, es ist geräumig und gebietet mir unter anderem, diese Herren auszuführen, wenn das Wetter es erlaubt. Immer mit der Ruhe. Unter diesen Umständen werden Sie mir einräumen, daß es schwierig für uns ist, im Gänsemarsch hintereinanderherzugehen, wie es die Regeln des Anstands verlangen.

Geht draußen auf dem Lande spazieren, sagte der Polizist.

Wir haben es versucht, sagte Watt, schon mehrmals. Aber sie drehen völlig durch beim bloßen

Anblick eines Feldes. Ist das nicht merkwürdig? Wohingegen die Schaufenster, der Beton, der Zement, der Asphalt, die Menschenmenge, die Neonbeleuchtung, die Taschendiebe, die Schutzpolizisten, die Freudenhäuser und die ganze Geschäftigkeit des weltstädtischen Bondy sie beruhigen und sie auf einen erquickenden Schlaf vorbereiten.

Sie können nicht den ganzen Bürgersteig für sich allein in Anspruch nehmen, sagte der Polizist.

Vorsicht, sagte Watt. Wie Sie sehen, werden sie schon unruhig, ich frage mich, ob ich sie im Zaume halten kann.

Sie hindern ehrbare Leute am Vorbeigehen, sagte der Polizist. Das ist kein Zustand.

Gewiß, sagte Watt. Das werden wir gleich haben. Sie werden sehen. Er ließ ihre Arme los, umfaßte ihre Taillen und drückte sie an sich. Vorwärts, meine Hübschen, sagte er. Sie gingen taumelnd weiter, mit übereinander stolpernden Beinen. Der Polizist schaute ihnen nach. Mistviecher, sagte er.

Sie nehmen uns auf den Arm, sagte Camier. Lassen Sie mich los.

Es geht uns doch gut so, sagte Watt. Wir stinken nach Verwesung, drei Meilen gegen den Wind, alle drei. Habt ihr sein Gesicht gesehen? Er riß sich zusammen, um sich nicht die Nase zu putzen. Darum hat er uns auch ziehen lassen.

Sie stolperten holterdiepolter in eine Kneipe, Camier und Mercier wankten zum Tresen, aber

Watt wollte, daß sie sich an einen Tisch setzten, und bestellte mit schallender Stimme drei Doppelte.

Ihr werdet mir wahrscheinlich erzählen, daß ihr nie einen Fuß hier hineingesetzt habt, sagte er. Wie es euch beliebt. Ich wage nicht, Bier zu bestellen, man würde uns hinauswerfen.

Der Whisky wurde gebracht.

Auch ich habe gesucht, sagte Watt, ganz allein, nur daß ich zu wissen glaubte was. Könnt ihr euch das vorstellen? Er hob die Hände und strich sich damit über sein Gesicht, sie glitten langsam an Schultern und Brust entlang hinab und trafen sich auf seinen Knien. Unglaublich, aber wahr, sagte er.

Unzusammenhängende Gliedmaßen bewegten sich in der grauen Luft. Ganz dünne Totenstillen durchschnitten das Stimmengewirr.

Er wird geboren, er ist aus uns geboren, sagte Watt, derjenige, der nichts habend nichts haben will, außer daß man ihm das Nichts, das er hat, läßt.

Mercier und Camier schenkten diesen Äußerungen nur eine zerstreute Aufmerksamkeit. Sie begannen, einander mit etwas von dem alten Blick anzustarren.

Ich hätte mich beinahe gestellt, sagte Camier.

Bist du an den Ort zurückgekehrt? sagte Mercier.

Watt rieb sich die Hände.

Ihr macht mir Spaß, sagte er, ihr macht mir wirklich Spaß. Ihr tröstet mich beinahe.
Dann habe ich mir gesagt –, sagte Camier.
Wenn ihr doch eines Tages empfinden könntet, sagte Watt, was ich empfinde, in diesem Moment. Das wird euch nicht daran hindern, vergebens gelebt zu haben, aber das wird ja, wie soll ich sagen, wie es sein wird, wie...
Dann habe ich mir gesagt, sagte Camier, daß du vielleicht die gleiche Idee hättest. Also verstehst du, warum. Es war nicht mein einziger Grund, nur der erste, der mir eingefallen war.
Du bist nicht an den Ort zurückgekehrt? sagte Mercier.
Ein wenig Wärme für das alte Herz, sagte Watt, ja, ja, ein klein wenig Wärme für das alte Herz.
Ich wäre gern dahin zurückgekehrt, sagte Camier, um einen Blick darauf zu werfen, aber ich fürchtete, dir zu begegnen. Dieser Whisky ist nicht übel.
Watt schlug kräftig auf den Tisch, was zu einer eindrucksvollen Stille im Schankraum führte. Das hatte er wahrscheinlich gewollt, denn er schrie mit einer vor Heftigkeit krachenden Stimme:
Weg mit dem Leben!
Das Knurren und Murren der Empörten war nicht zu überhören. Der Geschäftsführer näherte sich, wenn es nicht gar der Besitzer war. Sein Anzug war korrekt. Der eine oder andere hätte

wahrscheinlich zu der perlgrauen Hose schwarze Schuhe an Stelle der gelben, die er trug, vorgezogen. Aber schließlich war er bei sich zu Hause. Für sein Knopfloch hatte er sich eine Tulpe ausgesucht. Verschwindet, sagte er.

Von wo? sagte Camier. Von hier?

Haut ab! sagte der Geschäftsführer. Es mußte ein Geschäftsführer sein. Aber wie grundverschieden von Mister Gast!

Er hat gerade sein einziges Kind verloren, sagte Camier, einzig auf der Welt.

Ein Zwiewicht, sagte Mercier.

Sein Schmerz bricht hervor, sagte Camier, das ist doch ganz natürlich, oder?

Seine Frau liegt in den letzten Zügen, sagte Mercier.

Wir lassen ihn keine Sekunde mehr allein, sagte Camier.

Noch einen kleinen Doppelten, sagte Mercier, wenn wir es fertigbringen, daß er das schluckt, ist er gerettet.

Ich kenne keinen, sagte Camier, der so wie er das Leben liebt, das bescheidene alltägliche Dasein, die harmlosen Freuden und sogar die Leiden, die uns erlauben, uns vollends loszukaufen. Sagen Sie das bitte diesen Herren. Sein Aufbegehren hat sich schreiend Luft gemacht. Die Trauer hat ihn gerade erst überwältigt! Schon morgen bei seinem Porridge wird er sich dessen schämen.

Er wird sich den Mund wischen, sagte Mercier, er

wird seine Serviette in den Ring stecken, er wird die Hände aneinanderlegen und rufen, Glückselig die Gestorbenen, die sterben!
Hätte er ein Glas fallen lassen, sagte Camier, so würden wir nicht anstehen, ihn zu rügen. Aber das ist nicht der Fall.
Vergessen Sie diese Störung, sagte Mercier. Sie wird sich nicht wiederholen. Nicht wahr, Bubi?
Schwamm drüber, sagte Camier, nach Matthäus.
Und lassen Sie uns das gleiche noch einmal bringen, sagte Mercier. Ihr Whisky ist köstlich.
So guten habe ich schon lange nicht mehr getrunken, sagte Camier.
Ein Zwielicht? sagte der Geschäftsführer.
Ein Zwiewicht, sagte Camier.
Ja, sagte Mercier, alles doppelt außer dem Arsch. Er wird übermorgen beerdigt. Nicht wahr, Bubi?
Da hat der Organisator hineingepfuscht, sagte Camier.
Der Organisator? sagte der Geschäftsführer.
Jedes Ei hat seine kleine Betriebsnudel, sagte Mercier. Wußten Sie das nicht? Es kommt vor, daß sie durchdreht. Wundert Sie das?
Beruhigen Sie ihn, sagte der Geschäftsführer. Nötigen Sie mich nicht, energisch durchzugreifen.
Er zog sich zurück. Er war sicher aufgetreten, ohne unnachgiebig zu wirken, menschlich und würdig zugleich, er würde sich zu rechtfertigen wissen vor seinen Stammgästen, zumeist Metzgern,

die der Tod des Lammes ein wenig unduldsam gemacht hatte.
Man brachte ihnen die zweite Runde. Das Kleingeld der ersten lag noch auf dem Tisch. Kassieren Sie davon ab, mein Freund, sagte Camier.
Der Geschäftsführer ging von Gruppe zu Gruppe. Allmählich kam wieder Leben ins Lokal.
Wie kann man so was aussprechen? sagte Camier.
Es zu denken, ist schon frevelhaft, sagte Mercier.
Gegenüber Menschen, sagte Camier.
Und Tieren, sagte Mercier.
Gott allein würde ihm recht geben, sagte Camier.
Na, der! sagte Mercier.
Watt schien zu schlafen. Er hatte sein zweites Glas nicht angerührt.
Ein wenig Wasser? sagte Camier.
Laß ihn in Ruhe, sagte Mercier.
Mercier stand auf und trat ans Fenster. Er schob seinen Kopf zwischen Vorhang und Scheibe, so daß er, wie er vermutet hatte, den Himmel sehen konnte. Der hatte noch etwas Farbe. Er bemerkte gleichzeitig etwas, das er nicht geahnt hatte, nämlich, daß vom Himmel ein feiner und wahrscheinlich sanfter Nieselregen herniedersank. Die Scheibe war davon nicht naß geworden. Er kehrte an den Tisch zurück und setzte sich wieder hin.
Weißt du, woran ich denke, des öfteren? sagte Camier.

Es regnet, sagte Mercier.
An die Ziege, sagte Camier.
Mercier schaute Watt verstört an.
Erinnerst du dich nicht? sagte Camier. Es tagte, bei fragwürdigem Wetter.
Wo habe ich diesen Kerl schon mal gesehen? sagte Mercier. Er schob seinen Stuhl zurück, bückte sich und linste von unten in das unterm Hut zerdrückte Gesicht.
Auch der alte Madden –, konnte Camier noch sagen, denn:
Plötzlich packte Watt Camiers Spazierstock, riß ihn los, hob ihn hoch und schlug mit ihm jähzornig auf den Nachbartisch, wo hinter einem gut gezapften Schoppen ein Mann mit Backenbart die Zeitung las und seine Pfeife rauchte. Was kommen mußte, kam, die Glasplatte zersplitterte, der Stock brach entzwei, der Schoppen fiel um, und der Mann mit Backenbart kippte auf seinem Stuhl hintenüber, mit der Pfeife im Mund und der Zeitung in der Hand. Das Stück von dem Stock, das Watt noch in der Hand hatte, schleuderte er auf den Tresen, von dem es mehrere Flaschen und eine große Anzahl Gläser hinunterfegte. Watt wartete, bis das Krachen und Klirren verhallt war, dann brüllte er:
Ich scheiß' was aufs Leben!
Mercier und Camier leerten, wie durch eine und dieselbe Schnur bewegt, hastig ihre Gläser und rannten zum Ausgang. Dort drehten sie sich um.

Ein schriller, erstickender Schrei übertönte kurz das Getöse:
Es lebe Quin!
Es regnet, sagte Camier.
Das hatte ich dir schon gesagt, sagte Mercier.
Also adieu, sagte Camier.
Willst du mich nicht ein Stückchen begleiten? sagte Mercier.
In welche Richtung gehst du? sagte Camier.
Ich wohne jetzt jenseits des Kanals, sagte Mercier.
Das ist nicht mein Weg, sagte Camier.
Da gibt es eine Aussicht, die den Umweg lohnt, sagte Mercier.
Das sollte mich wundern, sagte Camier.
Ganz wie du willst, sagte Mercier.
Nicht möglich, sagte Camier.
Wir werden ein letztes Glas trinken, sagte Mercier.
Ich hab' kein Geld, sagte Camier.
Mercier steckte seine Hand in die Tasche.
Nein, sagte Camier.
Ich hab' welches, sagte Mercier.
Nein, sage ich dir, sagte Camier.
Man möchte meinen, arktische Blumen, sagte Mercier. In einer halben Stunde wird es vorbei sein.
Die Kanäle können mich nicht mehr reizen, sagte Camier.
Sie gingen schweigend bis zum Ende der Straße.

Es ist hier rechts, sagte Mercier. Er blieb stehen.
Was hast du? sagte Camier.
Ich bleibe stehen, sagte Mercier.
Mach keinen Mist, sagte Camier.
Was ist das für ein Ton? sagte Mercier.
Nimmst du mich mit, deine popeligen Pusteln ansehen, sagte Camier. Ja oder nein?
Sie gingen nach rechts, Camier auf dem Bürgersteig und Mercier im Rinnstein.
Es lebe wer? sagte Camier.
Ich habe gehört Quin, sagte Mercier.
Das muß jemand sein, den es nicht gibt, sagte Mercier.
Der Whisky hatte ihnen immerhin gutgetan. Sie gingen flotten Schrittes, für ihr Alter. Camier trauerte seinem Spazierstock nach.
Ich trauere meinem Spazierstock nach, sagte Camier, er gehörte meinem Vater.
Du hast nie mit mir darüber gesprochen, sagte Mercier.
Ach, wenn du wüßtest, sagte Camier.
Wenn ich was wüßte? sagte Mercier.
Im Grunde, sagte Camier, haben wir über alles miteinander gesprochen, außer über uns.
Wir haben nichts Rechtes geleistet, sagte Mercier, ich behaupte nicht das Gegenteil. Er überlegte. Er äußerte diesen Satzfetzen, Man könnte vielleicht –
Was für eine Räuberhöhle, sagte Camier, haben wir hier nicht unseren Sack verloren?

Nicht weit von hier, sagte Mercier.

Zwischen den hohen alten Häusern schien der Streifen fahlen Himmels noch schmaler zu sein als die Straße. Er hätte hingegen breiter erscheinen müssen. Die Nacht treibt solchen Schabernack.

Geht es jetzt? sagte Mercier.

Wie bitte? sagte Camier.

Ich frage dich, ob es geht, einigermaßen, im Augenblick, ob es dir gut geht, sagte Mercier.

Nein, sagte Camier.

Ein paar Minuten später traten ihm Tränen in die Augen. Die Alten weinen leicht drauflos im Gegensatz zu dem, was man vermuten könnte.

Und dir? sagte Camier.

Auch nicht, sagte Mercier.

Die Häuser ließen Lücken, sie hörten nicht auf, vom Wege abzurücken, der Himmel dehnte sich immer weiter aus, die beiden konnten einander wieder sehen, sie brauchten nur den Kopf herumzudrehen, der eine nach rechts und der andere nach links, nur den Kopf zu heben und ihn herumzudrehen. Dann, auf einmal, entwich ihnen alles, es war wie ein Auseinanderplatzen des Raums, die Erde lag ausgetilgt im Schatten, den sie himmelwärts wirft. Doch solche Ablenkungen sind nur von kurzer Dauer, denn bald nahm ihr eigener Zustand sie wieder gefangen, der Zustand zweier Männer, eines großen und eines kleinen, auf einer Brücke. Die Brücke selber war zauberhaft, wie Kenner behaupteten. Warum auch nicht? Sie hieß jedenfalls die Schleusenbrücke, und zwar mit Recht, man brauchte sich nur vornüberzubeugen, um sich zu überzeugen.

Da wären wir, sagte Mercier.

Hier? sagte Camier.

Es ist schnell gegangen, schließlich, sagte Mercier.

Und deine Aussicht? sagte Camier.

Mach deine Augen auf, sagte Mercier.

Camier betrachtete prüfend die verschiedenen Horizonte.

Dräng nicht so, sagte er, ich werde mir alles noch einmal anschauen.

Von der Uferböschung aus sieht man besser, sagte Mercier.

Was haben wir also hier zu suchen? sagte Camier. Möchtest du ein paar Seufzer von dir geben?

Sie gingen hinab auf die Uferböschung. Da stand eine Bank mit Rückenlehne. Sie setzten sich.

Hier ist das also, sagte Camier.

Der Regen fiel geräuschlos in den Kanal. Das tat Mercier leid. Aber weit über dem Horizont hatten die Wolken lange Fransen, feine, schwarze Strähnen, wie das Haar eines Klageweibs. Sie ist manchmal so entgegenkommend, die Natur.

Ich sehe unsere Mitgefangene Venus, sagte Camier, sie scheint im Sargassomeer in Seenot zu sein. Wenn du mich nur nicht deswegen hierhergeschleppt hast.

Weiter weg, weiter weg, sagte Mercier.

Camier führte eine Hand als Schirm an die Stirn.
Ich bin ja schließlich nicht kurzsichtig, sagte er.
Weiter nördlich, sagte Mercier. Nördlich, sagte ich, nicht südlich.
Warte, sagte Camier.
Jetzt oder später, was soll's?
Sind das deine Blumen? sagte Camier.
Hast du's gesehen? sagte Mercier.
Ich habe zwei oder drei schwache Schimmer gesehen, sagte Camier.
Man muß freilich daran gewöhnt sein, sagte Mercier.
Ich drücke mir ebensogern den Finger ins Auge, sagte Camier.
Das ist die Insel der Seligen, das Elysium der Alten, sagte Mercier.
Sie waren nicht anspruchsvoll, sagte Camier.
Du wirst sehen, sagte Mercier, du hast schlecht gesehen, aber du wirst es nicht vergessen können, du wirst darauf zurückkommen.
Was ist das für ein unheimlicher Kasten? sagte Camier. Eine Brotfabrik?
Hier bin ich ihm begegnet, sagte Mercier.
Wem? sagte Camier.
Watt, sagte Mercier. Er hat mir erzählt, daß er oft hierher kam, früher.
Was ist das für ein Gebäude? sagte Camier.
Ein Hospital, sagte Mercier. Für Hautkranke.
Etwas für mich, sagte Camier.

Und Schleimhautkranke, sagte Mercier. Er lauschte. Es wird nicht allzu laut geschrien heute abend, sagte er.

Es ist vielleicht noch zu früh, sagte Camier.

Camier stand auf und trat ans Wasser.

Vorsicht, sagte Mercier.

Camier kehrte wieder zur Bank zurück.

Erinnerst du dich noch an den Papagei? sagte Mercier.

Ich erinnere mich an die Ziege, sagte Camier.

Ich glaube, daß er gestorben ist, sagte Mercier.

Wir sind nicht vielen Tieren begegnet, sagte Camier.

Ich glaube, daß er schon tot war an dem Tage, an dem sie uns sagte, sie habe ihn aufs Land gegeben, sagte Mercier.

Mach dir seinetwegen keine Sorgen, sagte Camier.

Er trat zum zweiten Mal ans Wasser. Er betrachtete das Wasser eine ganze Weile, dann kehrte er zur Bank zurück.

Gut, ich gehe, sagte er. Adieu, Mercier.

Gute Nacht, sagte Mercier.

Allein betrachtete er das Erlöschen seines Himmels, die Vollendung des Dunkels. Den versunkenen Horizont ließ er nicht aus den Augen, denn er kannte seine Aufzuckungen aus Erfahrung. Im Dunkeln hörte er auch besser, er hörte die Geräusche, die der lange Tag ihm verheimlicht hatte, das Geflüster von Menschen, zum Beispiel, und den Regen auf dem Wasser.

XII
Zusammenfassung der beiden vorhergehenden Kapitel

x

Die Heide.
Das Kreuz.
Die Trümmer.
Mercier und Camier verlassen einander.
Die Rückkehr.

xi

Das Überlebensleben.
Camier allein.
Mercier und Watt.
Mercier, Camier und Watt.
Der letzte Polizist.
Die letzte Kneipe.
Mercier und Camier.
Die Schleusenbrücke.
Mercier allein.
Die Vollendung des Dunkels.

(1946)

Von Samuel Beckett erschienen im Suhrkamp Verlag in der Übersetzung von Erika und Elmar Tophoven

Werke in vier Bänden. Leinen
Werkausgabe in zehn Bänden. *edition suhrkamp*
Dramatische Dichtungen
Der Namenlose. *Roman*
Dramatische Dichtungen in drei Sprachen
Endspiel. Alle die da fallen
Molloy. *Roman*
Stücke und Bruchstücke
Watt. *Roman*
Wie es ist / Comment c'est. *Roman. Zweisprachig*
Samuel Beckett inszeniert das ›Endspiel‹. Fotografiert von Rosemarie Clausen. 60 Fotografien mit dem Text des ›Endspiels‹ und dem Probenbericht von Michael Haerdter über die Berliner Aufführung 1967
Gesellschaft. *Dreisprachig*

Bibliothek Suhrkamp
Der Verwaiser / Le dépeupleur. *Zweisprachig*
Erste Liebe / Premier amour. *Zweisprachig*
Erzählungen und Texte um Nichts
Glückliche Tage und andere Stücke
Mercier und Camier
Residua. *Prosadichtung in drei Sprachen*
That Time / Damals. *Englisch und deutsch*
Um abermals zu enden und anderes Durchgefallenes. *Prosadichtungen in drei Sprachen*
Wie es ist. *Roman*
Gesellschaft

edition suhrkamp
Aus einem aufgegebenen Werk und kurze Spiele
Endspiel / Fin de partie. *Zweisprachig*
Materialien zu Samuel Beckett ›Endspiel‹
Samuel Beckett inszeniert ›Glückliche Tage‹. Probenprotokoll von Alfred Hübner. Fotos von Horst Güldemeister
Flötentöne. *Französisch/Deutsch*

suhrkamp taschenbücher

Das letzte Band. *In drei Sprachen*

Der Namenlose. *Roman*

Endspiel / Fin de partie / Endgame. *Dreisprachig*

Glückliche Tage / Happy Days / Oh les beaux jours. *Dreisprachig*

Malone stirbt. *Roman*

Molloy. *Roman*

Warten auf Godot. *Dreisprachig*

Watt. *Roman*

Materialien zu Samuel Beckett ›Warten auf Godot‹. Band 1. Zusammengestellt und übersetzt von Ursula Dreysse

Materialien zu Samuel Beckett ›Warten auf Godot‹. Band 2. Herausgegeben von Hartmut Engelhardt und Dieter Mettler

Materialien zu Samuel Becketts Romanen ›Molloy‹, ›Malone stirbt‹, ›Der Namenlose‹. Herausgegeben von Hartmut Engelhardt und Dieter Mettler

Das Werk von Samuel Beckett. Berliner Colloquium. Herausgegeben von Hans Mayer und Uwe Johnson

Materialien zu Samuel Beckett ›Der Verwaiser‹. Zusammengestellt von Manuel Lichtwitz

Alphabetisches Gesamtverzeichnis der suhrkamp taschenbücher

2. Halbjahr 1983

Suhrkamp Literatur

Herbert Achternbusch · R. P. Arlati
Reinhold Batberger · Margrit Baur · Jürgen Becker
Thomas Bernhard · Silvio Blatter · Franz Böni
Paul Celan · Fritz Rudolf Fries · Rainald Goetz
Peter Handke · Wolfgang Hildesheimer · Uwe Johnson
Bodo Kirchhoff · Fanz Xaver Kroetz · Gertrud Leutenegger
Rainer Malkowski · Bodo Morshäuser · Paul Nizon
Einar Schleef · Martin Walser · Dorothea Zeemann
Gerald Zschorsch · Octavio Paz · Ludwig Wittgenstein
Alexander Mitscherlich: Gesammelte Schriften
Spectaculum · Polnische Bibliothek
Bibliothek Suhrkamp
suhrkamp taschenbücher · edition suhrkamp

Herbert Achternbusch

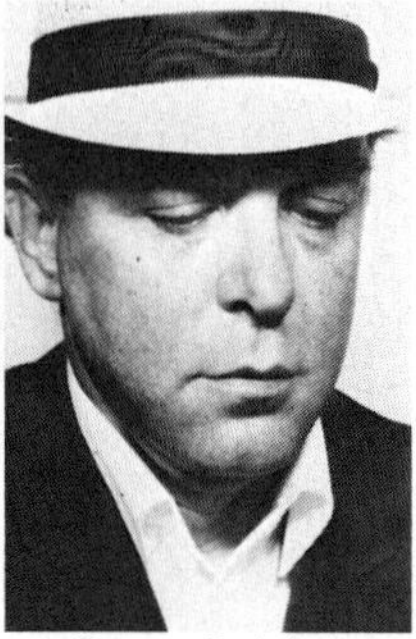
Renato P. Arlati

Reinhold Batberger

Herbert Achternbusch
Wellen

Mit 12 vierfarbigen Abbildungen
Etwa 320 Seiten. Gebunden. ca. DM 38,–

Wenn es im ersten Kapitel heißt: *Du mußt Kunst machen, bis du das Oval des Teeblatts beherrschst*, dann weiß der, der Achternbuschs Bücher liest, daß diese Kunstauffassung nicht genügt, um seine Methoden abzudecken. Angesichts der Bedrohung durch die Sintflut wird eine Arche, mit Noah und Noahin, erschaffen, die gänzlich unorthodoxe Paare aufnimmt: Halbe und Schwalbe, Auto und Autor, Wasserhahn und Wasserhuhn. Ein Versuch, eine Endzeit zu demonstrieren? Sind es Moritaten, die den zeitgemäßen Ernstfall aufführen, in dem die Lust am Reim zum Trauer-Spiel wird: *C'est la vie. Sellerie.* Achternbusch, wir wissen es, verhält sich wider die Norm. Ein Überlebensversuch.

R. P. Arlati
Fremd und abweisend ist das Gewölbe der Nacht

Prosa
Hrsg. von Franz Böni
Etwa 150 Seiten. Gebunden. ca. DM 25,–

Ein Unbekannter ist zu entdecken.
R. P. Arlati, geboren 1936 in Zürich, galt 1970 neben Peter Bichsel und Clemens Mettler als eine der großen Hoffnungen der Schweizer Literatur.
Arlati schreibt kurz, aber insinuierend und bedeutsam; lauter Geschichten von Einzelgängern, die sich durch eine aufs äußerste verstörende, gleichwohl alltägliche Welt bewegen. Situationen und Requisiten kehren wieder – aber auch Arlatis Art, in der er Eindeutiges mehrdeutig macht, Aussagen in Fragen verwandelt, Festgestelltes ins Rutschen bringt, die Verstörung, um die es ihm geht, schreibend immer aufs neue hervorbringt, hat sich dem Leser nach einiger Zeit eingeprägt.

Reinhold Batberger
Auge

Etwa 170 Seiten. Gebunden. ca. DM 24,–

In allen drei Teilen dieses Romans tritt ein merkwürdiges Pärchen auf, ein Mann namens Messer mit einem Mädchen, das Auge genannt wird. Der erste Teil heißt »Hotel«, der zweite Teil »Messer an Cartago« und der dritte Teil »Messer an das Kind«. Reinhold Batbergers Geschichte zieht den Leser in den Bann einer faszinierenden Distanz, zusammen mit Messer gerät Auge in die abgründige Chronik eines Klosters, warum auch nicht. Aber sie entfernen sich wieder, und als sie getrennt sind, berichtet Messer Auge, was geschieht, wenn es die Distanz zwischen Phantasie und Wirklichkeit nicht mehr gibt.

Margrit Baur

Jürgen Becker

Thomas Bernhard

Margrit Baur
Ausfallzeit

Eine Erzählung
Etwa 160 Seiten. Engl. broschiert.
ca. DM 18,–

Margrit Baur hat die Geschichte einer alleinstehenden Frau mittleren Alters geschrieben, die nach einem Ausgang aus der Unmündigkeit sucht. Sie verweigert die Ordnung ihres Alltags, kündigt im Züricher Büro und fährt, für sie selbst überraschend, ein paar Tage nach Bern. Der gar nicht spektakuläre Ausnahmezustand hat sie bis an den Rand ihrer Fassung gebracht. Der Anlaß, der sie dann auf einer Straße zusammenbrechen läßt, ist folgerichtig geringfügig. Zwei Menschen helfen ihr, ein Mann und eine Frau, nehmen sie mit nach Hause, reden mit ihr, bestürzend herzlich, bestürzend direkt. Sie machen ihr Mut. Als sie zurückkehrt, sind die Schwierigkeiten des Weiterlebens deshalb nicht verschwunden. Aber sie hat wieder Lust, anzupacken. Scheu und stur, so geht es vielleicht doch vorwärts.

Jürgen Becker
Die Türe zum Meer

Etwa 128 Seiten. Leinen. ca. DM 24,–

Der Titel, der ein Bild von Magritte sein könnte, deutet verläßlich darauf hin, daß sich die Tür öffnen wird. Doch es bedarf anderer Anstrengungen als das Betätigen einer Klinke, behutsamerer, kühnerer Kräfte, um das Meer zu erreichen.
Das Buch ist ein fortwährendes Erzählen in eine Landschaft hinein. Das ist mehr als ein Paktieren mit ihr, alles, auch das Innere, diese innere Umgebung, und das Haus, der Schrank, der Stuhl und erst recht das Fenster, ja der Erzähler selbst, alles wird zur Einheit. Bewegungslos vollzieht sich eine sehr lange Reise. Bis die Fluten des Meeres gegen das Fenster prallen. Die Tür zum Meer ist die Imagination; ist die Vorstellungskraft, der nichts unmöglich ist; ist der unbeirrbare Weg der Sätze in ein wiedergefundenes Vertrauen. Der Leser, der diese Landschaft entbehren muß, überläßt sich der Heilkraft der Mitteilungen, um aus Unruhe und Angst in die Beruhigung geführt zu werden.

Thomas Bernhard
Der Untergeher

ca. 220 Seiten. Leinen. ca. DM 26,–

Drei angehende Pianisten – Glenn Gould, Wertheimer und der Erzähler – haben sich in Salzburg bei einem Kurs von Horowitz kennengelernt; alle drei hatten das Klavierspiel in Opposition zu den Eltern erlernt, um sich an ihnen zu rächen. Horowitz war ein hervorragender Lehrer, er

Fotonachweis: I. Ohlbaum, H. Leister, R. Bällinger, R. Melis, D. Meller-Marcovicz, P. Friedli, H. Katz, D. Sattmann, M. Fleitmann. Weitere Nachweise: Suhrkamp Verlag
Suhrkamp Verlag, Suhrkamp Haus. 6 Frankfurt 1. Preisänderungen vorbehalten. 7/83 (99823)

Silvio Blatter

Franz Böni

Rainald Goetz

Fritz Rudolf Fries
Alexanders neue Welten

Ein akademischer Kolportageroman aus Berlin

Etwa 448 Seiten. Leinen. ca. DM 36,–

Dr. Alexander Retard, Mitarbeiter an der Sektion Aufklärung der Akademie, wohnhaft in Fredersdorf bei Berlin, hat keinerlei Reisen vorzuweisen. Was seine Krükken nicht verhindern würden, das untersagt die Akademie; eine Vorsichtsmaßnahme angesichts des Mangels an disziplinierter Denkungsart. Alexander Retard bleibt dennoch nicht sich selbst überlassen. Sein Freund Ole Knut Berlinguer, ehemaliger Mitarbeiter an der Sektion Aufklärung der Akademie, wohnhaft in Friedrichshagen bei Berlin, gibt seinem Freund Retard Anlaß, ein Buch über ihn zu schreiben, über ihn und sich selbst, die Familien, die Frauen, das Land und die Welten. Denn: eines Tages ist Berlinguer verschwunden.

Rainald Goetz
Irre

Roman

Etwa 350 Seiten. Gebunden. ca. DM 29,80

In drei Teile gliedert Rainald Goetz seinen ersten Roman »Irre«: Im ersten Teil tritt das ganze Personal einer psychiatrischen Klinik auf, Kranke, Pfleger, Ärzte, Angehörige. Der Held kommt erst im zweiten Teil richtig in den Blick: Ein junger Arzt, der in einer psychiatrischen Klinik seine erste Stelle antritt; Erschrecken, Gewöhnen, doch das Unerträgliche summiert sich, schließlich Flucht. Und wohin flieht der? In die Depression, ins Bier, die New-WaveScene; Flucht ins Schreiben, Arbeitsversuche im Kulturbetrieb, Enttäuschung und Abrechnungen; Flucht in Exzesse von Größenwahn, dann wieder Niedergeschlagenheit, Pathos, Chaos. Diesen Helden skizziert, zerrissen wie der ist, der dritte Teil.

Peter Handke
Der Chinese des Schmerzes

Etwa 256 Seiten. Leinen. ca. DM 28,–

Während der Arbeit an den vier Werken der *Langsamen Heimkehr* notierte Peter Handke: »Manchmal die Vorstellung, ein Schriftsteller hätte vor allem die eine Pflicht: eine Landschaft zu verewigen. – Aber wie? – Mit den Geschichten von Menschen.« Diese »Pflicht« hat Peter Handke mit *Der Chinese des Schmerzes* für eine bestimmte Landschaft – Salzburg und Umgebung – erfüllt, mit der Geschichte von Andreas Loser. Die Landschaft: das ist zum Beispiel der Mönchsberg.

Die Geschichte ist diejenige Losers, Lehrer

Peter Handke

Wolfgang Hildesheimer

Uwe Johnson

für alte Sprachen, der, getrennt von seiner Frau und den beiden Kindern, in einem südlichen Vorort Salzburgs wohnt. Er, der sich bisher immer als Betrachter verstanden hat, stößt eines Tages in der Getreidegasse einen Passanten nieder – und unterrichtet daraufhin nicht mehr. Die freie Zeit, über die er deshalb verfügt, wendet er an die Fertigstellung eines Berichtes über die Ausgrabung einer römischen Villa, an der er (als Spezialist für das Auffinden von Schwellen) beteiligt war. In die Zeit, in der »alles in der Schwebe« war, fällt auch die monatliche Tarock-Runde, die diesmal an dem Tag vor Gründonnerstag auf dem Mönchsberg stattfinden soll. Auf dem Weg dorthin bemerkt Loser einen Hakenkreuz-Sprayer: der Betrachter greift ein – er tötet den Sprayer und wirft ihn den Berg hinunter. An der Tarock-Partie nimmt Loser dennoch teil – und es gelingt ihm sogar, die vier Mitspieler durch das Wort Schwelle zu einer gemeinsamen Erzählung anzuregen . . .

Wolfgang Hildesheimer
Mitteilungen an Max über den Stand der Dinge und anderes

Mit einem Glossarium und sechs Tuschzeichnungen des Autors
Etwa 80 Seiten. Engl. Broschur. ca. DM 18,–

Zu Max Frischs 70. Geburtstag 1981 erschien eine Festschrift mit dem Titel *Begegnungen*. Sie versammelt Texte von Kollegen und Freunden in rebus literarum. Der Begegnungswunsch ist gemeinsam, die Begegnungssuche so verschieden, so unverwechselbar wie die Adressanten.

Hildesheimers Beitrag fordert zu künftiger Begegnung auf, deren Qualität er andeutet, indem er sich selbst bereits als mögliche Begegnung anbietet: Begegnung im Gefilde des geistreichen Spiels, des Wortwitzes, der Assoziationen, Allusionen, Zitate und ihrer Exegese.

Uwe Johnson
Jahrestage 1–4

Aus dem Leben von Gesine Cresspahl
Vier Bände in Kassette
Mit einem »Kleinen Adreßbuch«:
Ein Register zu Uwe Johnsons JAHRESTAGEN angelegt mit Namen, Orten und Verweisen von Rolf Michaelis
Leinen. ca. DM 136,–

Jahrestage 1
476 Seiten. Ln. DM 34,–
Jahrestage 2
480 Seiten. Ln. DM 34,–
Jahrestage 3
366 Seiten. Ln. DM 34,–

sich ins Herz, Pasolini wurde erschlagen, Brinkmann von einem Auto überrollt. »Gegen die Macht gehen zwei Dinge: fliehen oder standhalten; die Liebe oder der Tod.«

Octavio Paz
Der Bogen und die Leier

Poetologische Essays
Aus dem Spanischen von Rudolf Wittkopf
Etwa 330 Seiten. ca. DM 48,–

»Dichtung ist Erkenntnis, Rettung, Macht, Verlassenheit. Als ein Verfahren, das die Welt zu verändern vermag, ist die dichterische Tätigkeit ihrem Wesen nach revolutionär; als geistige Übung ist sie eine Methode zur inneren Befreiung.«
Bereits in den ersten beiden Sätzen dieses vor knapp dreißig Jahren entstandenen poetologischen Essays formuliert Octavio Paz programmatisch seine Suche nach den Wurzeln der Poesie und ihre Bedeutung für den Menschen. Gegenstand seiner Analyse sind drei zentrale Themen: Das Gedicht – Die dichterische Offenbarung – Dichtung und Geschichte.
Er fragt, ob es ein dichterisches Sagen – das Gedicht – gibt, das auf kein anderes Sagen reduzierbar ist, und analysiert, um das Wesen des Gedichtes greifbar zu machen, seine Komponenten Sprache, Rhythmus und Bild.

Ludwig Wittgenstein
Sein Leben in Bildern und Texten

Herausgegeben von Michael Nedo und Michele Ranchetti
Gestaltet von Willy Fleckhaus
ca. 520 Abbildungen
Etwa 400 Seiten. Leinen. ca. DM 148,–
Subskriptionspreis ca. DM 124,–

Diese Bildbiographie Ludwig Wittgensteins ist eine Collage aus veröffentlichten Texten Wittgensteins, aus Briefen, Aufzeichnungen sowie Erinnerungen von Freunden und Schülern, aus amtlichen Dokumenten aus der Zeit seines freiwilligen Militärdienstes im Ersten Weltkrieg, als Volksschullehrer in Österreich, als Professor in Cambridge und aus zum größten Teil bisher unveröffentlichten Bildern, von denen die meisten aus Alben der Familie Wittgenstein und einem von Ludwig Wittgenstein selbst gestalteten Album stammen.

Spectaculum 37

Sechs moderne Theaterstücke und Materialien
Etwa 300 Seiten. Gebunden. DM 24,–
Im Abonnement: DM 20,–

Samuel Beckett
»Katastrophe«
Deutsch von Elmar Tophoven

Thomas Brasch
»Rotter«

Edward Bond
»Sommer«
Deutsch von Christian Enzensberger

Sean O'Casey
»Das Freudenfeuer für den Bischof«
Deutsch von Michael Eberth unter Verwendung der Übersetzung von K. H. Hansen und D. Hildebrandt

C. P. Taylor
»So gut, so schlecht«
Deutsch von Rudolf Rach und Jakob Schmid

Martin Walser
»In Goethes Hand«

Polnische Bibliothek

Seit Herbst 1982 erscheint im Suhrkamp Verlag die von Karl Dedecius begründete und herausgegebene »Polnische Bibliothek«. Diese vom Deutschen Polen-Institut und der Robert Bosch Stiftung geförderte Buchreihe wird mit jährlich bis zu fünf Bänden einen repräsentativen Überblick über die polnische Literatur vermitteln.

Mario Vargas Llosa:
Der Hauptmann und sein Frauenbataillon
st 959 (November 83)

Adolf Muschg: Fremdkörper
st 964 (Dezember 83)

Wladimir Tendrjakow:
Die Abrechnung
st 965 (Dezember 83)

Miguel Barnet: Das Lied der Rachel
st 966 (Dezember 83)

Bibliothek Suhrkamp

Katherine Mansfield:
Ausgewählte Erzählungen
BS 811 (August 83)

Ogai Mori: Vita Sexualis
BS 813 (August 83)

Benito Pérez Galdós: Miau
BS 814 (August 83)

Luigi Malerba:
Die Entdeckung des Alphabets
BS 752 (September 83)

Heinrich Böll:
Wo warst Du, Adam?
BS 809 (September 83)

Rosario Castellanos:
Die neun Wächter
BS 816 (September 83)

Martin Walser:
Ein fliehendes Pferd
BS 819 (September 83)

Kolmar: Gedichte
BS 815 (Oktober 83)

Gustav Janus: Gedichte
BS 820 (Oktober 83)

Bernhard v. Brentano:
Die ewigen Gefühle
BS 821 (Oktober 83)

Franz Hessel:
Der Kramladen des Glücks
BS 822 (November 83)

Salvatore Satta:
Der Tag des Gerichts
BS 823 (November 83)

Gertrude Stein: Ida
BS 695 (November 83)

John Steinbeck: Die Perle
BS 825 (Dezember 83)

Clarice Lispector:
Der Apfel im Dunkeln
BS 826 (Dezember 83)

Bohumil Hrabal:
Harlekins Millionen
BS 827 (Dezember 83)

edition suhrkamp

Franz Xaver Kroetz:
Frühe Stücke/Frühe Prosa
es 1172 (Juli 83)

Werner Koch: Intensivstation
es 1173 (Juli 83)

Die Menscher
es 1177 (August 83)

Uwe Kolbe:
Abschiede und andere Liebesgedichte
es 1178 (August 83)

J. M. A. Biesheuvel:
Schrei aus dem Souterrain
es 1179 (August 83)

Volker Braun:
Geschichten von Hinze und Kunze
es 1169 (September 83)

João Ubaldo Ribeiro:
Sergeant Getúlio
es 1183 (September 83)

Martin Roda Becher:
Der rauschende Garten
es 1187 (Oktober 83)

Andrea Lee: Russisches Tagebuch
es 1194 (November 83)

Franz Böni: Der Johanniterlauf
es 1198 (Dezember 83)

Ngũgĩ wa Thiong'o:
Der gekreuzigte Teufel
es 1199 (Dezember 83)

hatte alle früheren Professoren »null und nichtig gemacht«. Bald stellte sich heraus: Glenn Gould war das große Genie. Unter dem Eindruck der Übermacht dieses Genies und Triumphators wollten und konnten die beiden anderen Freunde ihre künstlerische Laufbahn nicht fortsetzen. Doch während der Erzähler den Absprung fand und zu einem »Weltanschauungskünstler« wurde, zum Kritiker seiner Zeit und besonders zum Kritiker Österreichs, stürzte Wertheimer in eine unumkehrbare Existenzdepression. Je mehr der Erzähler an seinen »Versuch über Glenn« dachte, wurde ihm deutlich, daß es ihm eigentlich darum zu tun war, sich Klarheit über Wertheimer zu verschaffen . . .

Silvio Blatter
Kein schöner Land

Roman

Etwa 538 Seiten. Gebunden. ca. DM 36,–

Die Landschaft, in der Silvio Blatters neuer Roman *Kein schöner Land* spielt, ist – wie schon in seinem Buch *Zunehmendes Heimweh* – das Freiamt, ein fruchtbares Hügelland inmitten der Schweiz. Um diese Landschaft geht es und um mehr, um die Menschen, die im Freiamt leben und arbeiten, die hier zu Hause sind und miteinander zu tun haben.

Franz Böni
Die Alpen

Etwa 124 Seiten. Leinen. ca. DM 28,–

Geschildert werden 10 Jahre (1970–1980), die Nowak wie der dritte Weltkrieg erscheinen. Hungernd und ohne Geld trifft er in der Stadt ein, durchstreift monatelang die kalten Straßen, arbeitet als Nachtwächter, Kanalreiniger, vermietet schließlich seine Arbeitskraft stundenweise »auf der Brücke«. Von einer Notbleibe zur anderen zieht er, ernährt sich zuletzt als Arbeitsloser von den Diebstählen von Lebensmitteln in Kaufhäusern. Nowak sucht wieder Kontakt zur großen Stadt. Dort haben heftige Jugendkrawalle stattgefunden. Zuletzt geht Nowak durch die alten Straßen, auf der Suche nach Arbeit und Wohnung. Während dieser Ereignisse wird oben im zentralen Alpenmassiv der Gotthard-Straßentunnel gebaut. Die Unterdrückung beim Bau im 17 km langen Tunnel steht für die unmenschlichen Zustände im Flachland. 1980 wird der Tunnel eröffnet. Der Bau kostete 16 Menschen das Leben – Ausländern.

Paul Celan
Gesammelte Werke
in fünf Bänden

Herausgegeben von Beda Allemann
und Stefan Reichert
unter Mitwirkung von Rolf Bücher
5 Bände. Etwa 2700 Seiten
Leinen. ca. DM 180,–
Subskr.-Preis ca. DM 160,–
Leder. ca. DM 480,–

Die hier vorgelegte Ausgabe der *Gesammelten Werke* Paul Celans vereinigt in fünf Bänden das lyrische Œuvre (Bde. 1–3), Prosa und Reden (Bd. 3) sowie die Übertragungen aus sieben Sprachen mit den zugrundeliegenden Originaltexten (Bde. 4 und 5).

Die Ausgabe soll den Zweck erfüllen, die bisher weit verstreut publizierten Werke Celans, darunter nicht mehr oder nur schwer Erreichbares, zusammenzuführen und damit allen Interessierten leichter zugänglich zu machen. Eine solche Wiedergabe der Werke im Zusammenhang dient nicht zuletzt der Möglichkeit, Beziehungen zwischen den einzelnen Werkkomplexen, vor allem zwischen der Lyrik und den Übertragungen, genauer zu erkennen oder überhaupt erst zu entdecken. Die *Gesammelten Werke* wollen und können keine Edition mit textkritischem Anspruch im engeren Sinn sein und stellen daher keinen Vorgriff auf die historisch-kritische Celan-Ausgabe dar, die ihre anderen und weitergespannten Ziele besitzt.

Bodo Kirchhoff

Franz Xaver Kroetz

Gertrud Leutenegger

Thema beherrscht, der Sexualität. Im Mittelpunkt steht die Geschichte mit einer ehemaligen Prostituierten, Zita. Ungeheuer schwierig ist es für Anton, den Druck der vielen Jahre in der kurzen Geschichte mit Zita »loszuwerden«: die Phantasien, das Angelesene, die Sehnsüchte, die Wut. Ungeschickt und repressiv geht er mit Zita um. Ein ganz »normales« Trauerspiel kommt heraus, verschärft durch die Situation der Behinderung.

Gertrud Leutenegger
Komm ins Schiff

Etwa 100 Seiten. Leinen. ca. DM 24,–

In *Komm ins Schiff* ist die Trennung von Wirklichem und Imaginiertem aufgehoben, es überlagern sich »wirkliches« Geschehen und Assoziationen, lyrischer Ton und dramatische Handlung – kurz, *Komm ins Schiff* ist ein dramatisches Poem. Die Erzählerin besucht, in ihrer Verkleidung den Winter, den Schneesturm, darstellend, ein Sommerfest in der an einem See gelegenen Mailänderkantine. Auf dem Höhepunkt des Festes verkündet ein Unbekannter, der Vertreter einer Versicherungsgesellschaft, daß die Kantine – ein Hotel mit einer großen, traditionsreichen Halle – von der Gesellschaft gekauft worden ist und nun abgerissen und als Touristenattraktion »stilgerecht« wieder aufgebaut werden soll. Die Erzählerin verläßt das absurde Treiben dieses letzten Sommerfestes und steigt in ein Boot, mit dessen Ruderer sie immer weiter auf den See hinaus fährt – zu einem riesigen weißen Schiff, mit dem beide den See verlassen.

Rainer Malkowski
Zu Gast

Gedichte

Etwa 88 Seiten. Broschur. ca. DM 18,–

Zu Gast zu sein – das ist nicht nur die, im günstigen Fall, freundliche Episode; das ist auch eine testamentarische Verfügung. Wir wissen, was das bedeutet, auch wenn dieses Wissen immer wieder aussetzt, um einer schönen Illusion willen. Der immerwährenden Gegenwärtigkeit dieses Endgedankens aber bedarf es nicht, um zu erfahren, daß sich diese Vergänglichkeit aus unzähligen kleinen Vergänglichkeiten zusammensetzt; daß wir gezwungen werden, vor dem letzten Verlust, uns im Verlust zu üben. Der Verlust ist die Zeit, das sind die anderen, das sind wir selbst. Wir tauchen an Orten auf und verlassen sie wieder. Wir sind zu Gast.

Bodo Morshäuser

Paul Nizon

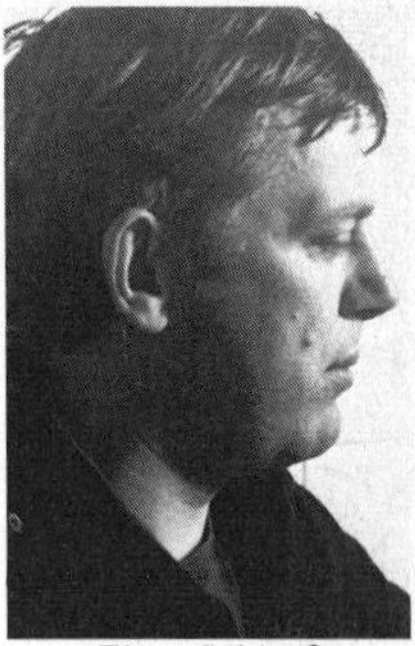
Einar Schleef

Bodo Morshäuser
Die Berliner Simulation

Erzählung
Etwa 150 Seiten. Englische Broschur
ca. DM 18,–

Die Erzählung spielt im August und September 1981 in West-Berlin.
Der Erzähler der *Berliner Simulation*, ein Mann von Ende zwanzig, lernt in einer Atmosphäre von Zuneigung und Gewalttätigkeit die junge Engländerin Sally kennen, es fließt einiges Blut. Nach mehreren Stunden trennt sie sich von ihm und beendet die Kette intensiver Momente ohne einen Hinweis darauf, wie und wo sie wiederzusehen sei.
Der Mann geht auf die Suche. Er setzt sich in den Kopf, Sally in den Straßen und an den Plätzen der Zweimillionenstadt aufzuspüren, aber »das Suchen ist das eine, das Finden das andere. Wer sich suchend nicht verläuft, findet nichts«.

Paul Nizon
Aber wo ist das Leben

Ein Lesebuch
Etwa 176 Seiten. Leinen. ca. DM 24,–

»Wovon handeln denn meine Bücher, wenn nicht von Lebenssuche, Lebendigkeitssuche, Lebensqualität, und zwar in einer Dringlichkeit, als müßte aus totem Stein nicht nur der Funke, sondern gewissermaßen auch Brot geschlagen werden. Ein Selbstmobilmachungsrausch« – in Verweigerung, gegen Vereinnahmung. So versteht sich Paul Nizon, das Bisherige überschauend, und er bietet dem Leser ein Buch von beispielhaft erleuchteten Stationen: Das Erinnern der Gegenwart ist meine Sache – so heißt das Motto des Buches.

Einar Schleef
Wezel

Schauspiel
Mit einem zeitgenössischen Beitrag
von Jonas Ludwig von Hess
Etwa 120 Seiten. Engl. Broschur.
ca. DM 24,–

Schleefs *Wezel* ist das Drama einer Figur auf der Schattenseite der deutschen Klassik: eines Propheten, der auf taube Ohren stößt, eines wilden Tieres, das in seinem Gehege beglotzt und verhöhnt wird. Am Fuße des Kyffhäusers hält der Gescheiterte Gericht. Später verstummt er. Die sagenhaft deutsche Umgebung: Bäume und Sonne und Mond, die Knochen kannibalischer Riten und eines jüngstvergangenen Krieges, ein verrückter Schuster als Kaiser Friedrich und der alte Göthe auf der Suche nach seinen Ahnen.

Martin Walser

Dorothea Zeemann

Gerald Zschorsch

Martin Walser
Liebeserklärungen

Etwa 270 Seiten. Leinen. ca. DM 28,–

Das Buch, das Martin Walsers Leseerfahrungen mit Weltliteratur, in lebensgeschichtlichem Ablauf, sammelt, ist von solcher Schönheit, Brillanz und Nützlichkeit, daß sich ihm niemand entziehen wird. Auch die nicht, die schon alles gelesen haben und vorzögen, als Gleichgültige auf den approbierten Glanz der Namen zu verweisen, auf Goethe und Kafka, Heine und Hölderlin, Büchner und Brecht, Robert Walser, Swift und Schiller. Denn: *Sollen andere über Schiller sprechen, ich spreche über meinen Schiller.* Das ist das Geheimnis des Buches, doch nicht das einzige.

Ein Buch ist für mich eine Art Schaufel, mit der ich mich umgrabe. Obwohl ich das nicht zu meinem Vergnügen tue, sondern einfach aus einem Bedürfnis, für das ich keine Gründe mehr anzugeben weiß, keine Gründe auf jeden Fall, die von anderer Art wären als die, die uns veranlassen zu atmen oder zu essen, trotzdem macht mir das Lesen, dieses Herumgraben in mir selbst, oft mehr Vergnügen als das Atmen, ja es macht mir zuweilen sogar das Atmen wieder vergnüglicher.

Dorothea Zeemann
Eine unsympathische Frau

Erzählungen

Etwa 150 Seiten. Engl. Broschur. ca. DM 18,–

Dorothea Zeemann hat knappe, figurenreiche Geschichten geschrieben. Den Hauptpersonen gemeinsam ist ein Bemühen, sich klarzuwerden, sich nichts vorzumachen, sich Wünsche und Grenzen einzugestehen, Konsequenzen zu ziehen, auch wenn das Respektierlichkeit und Eigenstolz verletzt. Es sind faßbare, herausfordernde Geschichten. Daß sich keine dieser Geschichten zur Aussage rundet, ist die Lust, mit der sie erzählt sind.

Gerald Zschorsch
Klappmesser

Gedichte

Etwa 72 Seiten. Engl. Broschur. ca. DM 18,–

Gerald Zschorsch schreibt Gedichte über ein Leben in den Städten, über die Liebe und den Tod, die Frau und den Mann. Gedichte für Stadtläufer, die ihre Kindheit suchen. Offen sind sie und auf der Hut, bereit, sich zu wehren; erkennen, was trennt; suchen, was verbindet. Gedichte für solche, die sich flüchten, die eingeliefert und ausgewiesen dorthin gelangen, wo es kein Zurück gibt. Majakowski schoß

Jahrestage 4

Aus dem Leben von Gesine Cresspahl
20. Juni – 20. August 1968
Etwa 400 Seiten. Leinen. ca. DM 34,–

Mit dem nun vorliegenden vierten Band hat Uwe Johnson seine *Jahrestage* abgeschlossen. Die einjährige Begegnung mit Gesine Cresspahl findet mit dem 20. August 1968 ein Ende.
Dieses Jahr im Leben der Gesine Cresspahl in New York – die Leser erinnern sich – enthält mehr, als ein Jahr Tage hat, da das tägliche Bewußtsein der Gegenwart die Erinnerung an die Jahre der Vergangenheit hervorruft.
Gesine Cresspahls Gegenwart, das ist New York: hier lebt sie seit sieben Jahren mit ihrer nun elfjährigen Tochter Marie.
Die *Jahrestage* sind ein fortwährender Dialog, nicht nur zwischen Gesine und Marie.
Gesine Cresspahl wuchs im Hitler-Deutschland heran, erlebte Krieg und Nachkrieg, die britische Besatzung, den Einzug der sowjetischen Truppen, das ›neue‹, Hoffnung und Enttäuschung verursachende sozialistische Deutschland. Als die Sowjets Truppen einsetzten gegen Arbeiter, verließ sie das Land, versuchte im westlichen Deutschland zu leben. Hier, im Jahre 1957, wurde Marie geboren. Doch auch dieses Land brachte sie hinter sich. New York wird ein Auftrag, eine Lebensweise; stets mit der Hoffnung, es gebe einen Sozialismus.
Es ist ersichtlich: Es geht nicht allein um Gesine Cresspahls persönliche Geschichte, in der die Vielfalt und Energie der Beziehungen zwischen den handelnden Personen ein Antrieb des Erzählens sind. Hier werden Familien- und Zeitgeschichte, Privates und Öffentliches zu einem Stück deutscher Geschichte verflochten. Lebensjahre seit den Zwanzigern, aufgehoben in den Tagen eines Jahres.

Bodo Kirchhoff
Zwiefalten

Roman
Etwa 300 Seiten. Gebunden. ca. DM 29,80

»*Zwiefalten*«, schreibt Bodo Kirchhoff, »ist ein Roman über Erfahrung, die sich hinter dem Rücken einstellt. Wie schon in früheren Büchern und Theatertexten – am genauesten in der Novelle *Ohne Eifer, ohne Zorn* habe ich in meinem ersten Roman den Prozeß des nachträglichen Bewußtwerdens bis in geringfügige Einzelheiten verfolgt und auf dem Hintergrund von fremdartigen, immer anderen Schauplätzen, die aber alle verknüpft sind mit Deutschem, einen Entwicklungsschritt eines einzelnen in seiner Welt erzählt. Einer Welt, die er nur mit seinen empfindlichen Nerven aufnimmt: durch ein Gedächtnis, das ihn nie im Stich läßt.«

Franz Xaver Kroetz
Der Mondscheinknecht
Fortsetzung

Roman
Etwa 176 Seiten. Leinen. ca. DM 24,–

Anton Kreuzberger erzählt seine Geschichte; Fortsetzung.
Gegenwartskapitel aus der Großstadt München wechseln sich, ähnlich wie im ersten Teil, ab mit Vergangenheitskapiteln vom Kreuzberger Hof.
Kurz nach Kriegsende wird der infolge einer Kinderlähmung gehbehinderte Anton aus dem Heim entlassen und kehrt auf den Hof der Eltern zurück. Die können ihn nicht gebrauchen. Sie verstecken ihn vor den Leuten so gut wie möglich. Der Krüppel ist überall im Weg. Einmal bettlägerig geworden, bleibt er ins Bett verbannt. Dort stört er am wenigsten. Zum Glück schenkt ihm die Großmutter ein Radio. Die Schwester bringt ihm heimlich seine Krücken zurück. Nachts macht er Gehübungen.
Die Gegenwartskapitel werden von einem